花甲男孩

增訂新版

楊富閔

獻給

父親

母親

目次

〔推薦序〕

大內之音

——楊富閔的家族小說《花甲男孩》

白先勇

楊富閔出生於一九八七年，那年臺灣剛解嚴，臺灣社會迸發出一股自由朝氣，煌煌然進入到「美麗的新世界」，楊富閔便成長在這段遽變的時代。他的身上心中似乎也沾染著那個年代的騷動與不安。楊富閔的原鄉是大內，臺南縣一個偏遠的小鄉鎮。他寫過兩本描述他家族與家鄉的散文集：《為阿嬤做傻事》、《我的媽媽欠栽培》。這兩本集子，可以說是他的「楊氏宗親族譜」與「大內鄉誌」的混合。楊富閔以溫厚赤誠，又帶著幽默詼諧的筆調，替他的列祖列宗畫出一幅幅輪廓分明的肖像：曾祖母、阿祖、祖母阿嬤、小姨婆、大姑、二爺爺、大伯公。楊富閔生長在一個族人枝葉繁茂的大家庭裡，機伶早慧的他，自幼便睜大了一雙好奇無比的眼睛，在搜索他家族中公公爺爺、婆婆媽媽，他們身上承載著多采多姿、悲歡離合的故事與歷史。於是他的這些族人，日後便無形中幻化成他小說中的人物原型。

在眾多族人中，楊富閔的祖母阿嬤楊林蘭對他影響最大，祖孫情深，相依為命。在他心中，阿嬤是大內一姊，是護佑他家族的媽祖婆。阿嬤，年輕守寡，含辛茹苦靠著耕種，把子女拉拔成人，對孫子有無盡的疼愛，臨終最後一句話叫的恰恰是愛孫的小名阿閔。阿嬤楊林蘭化做了楊富閔小說中許多位地母型，生命強韌，百折不撓，充滿母愛的女性。

大內鄉以農業為主，楊富閔的阿嬤便以種植水果、販賣芒果為生，因為人口老化，大概青壯人丁都離鄉外出打拚去了，大內無可免地淪落成一個老人鄉，走向日落黃昏的衰敗之途。老、病、死——這些人生必經的課題，楊富閔在他的家鄉便有特別強烈的感受。從小他便愛看人家出殯，對於死亡——這個生命最不可解、最令人敬畏的現象，以及出殯的儀式，他有一種揮之不去的「痴迷」，他自稱曾參與近百老人的死亡。死亡這個沉重的主題，時常在他的小說中浮現。由於對老、病、死特別敏感，楊富閔對他小說中正在經歷生關死劫的人物，便產生了一股不能自已的憐憫——這也是他小說最可貴的特質。但大內在楊富閔的筆下，遠不止是一個走向衰敗的老人鄉，也是一個充滿民間宗教神祕色彩的國度，那一個到處都有神祇巡迴的地方：媽祖、保生大帝、清水祖師、七爺八爺，層出不窮的廟會節目：宋江陣、八家將，楊富閔把這些熱鬧非凡的民俗儀式也都寫進他的小說裡了，使得他的小說刻印了鮮明的臺南大內地方色彩。

楊富閔的第一本小說集《花甲男孩》面世，便引起了臺灣文壇的關注。論者以為楊富閔的「新鄉土小說」繼承了王禎和、黃春明的傳統。我初讀《花甲男孩》，馬上感覺到：我聽到了一個新的聲音（Voice）！記得許多年前，王禎和拿他的第一篇小說〈鬼．北風．人〉給我投到《現代文學》上，當時我便警覺到臺灣文壇出現了一個前所未有的聲音，果然後來王禎和跟黃春明便開啟了臺灣鄉土文學一個新的里程。楊富閔的花甲故事，似乎也給我有了同樣的感覺，這是一聲發自肺腑的「大內之音」。花甲故事並不都是第一人稱發聲，但每篇似乎都有同一個敘述者的聲音，這個敘述者有點像從前的說書人，以引人入勝的腔調領著聽眾進入他那有著奇特色彩的異域。那個聲音時而急促、熱切，似乎有滿腹心事，急不待等要告訴你關於大內鄉那些黃昏老人臨終前的一些祕聞佚事，敘述者的語調有時突梯滑稽，甚至帶點黑色幽默，其實《花甲男孩》中的故事大多是生離死別的悲劇，敘述者的詼諧嘲弄，是在避免故事流於濫情。在輕鬆的語調下面，我們會感到作者對他故事中的阿公阿嬤是如何注入了他的款款深情，他憐惜那些老人。

《花甲男孩》作者的敘述方式相當特殊，敘述者鋪陳情節，忽前忽後，完全打破時序，隨著意識自由流動，讀者緊跟其後，好像一同在溜冰滑雪，忽喇喇東竄西竄，有時甚至暈頭轉向，但終於會被引領到達目的地。《花甲男孩》敘述者的聲音所呈顯的魅力，當然，還是得力於敘述者的語言運用，那是一種極為流暢通俗，參雜了大量臺語的白話文，其間又點綴了e世代的流行密碼，因此這是作者刻意創造的一種十分個人化的文體：一種國臺語雙聲、承載了民俗傳統與現代流行的混合體。王禎和與黃春明的小說成功，一部分也由於他們對臺語的掌握運用恰到好處，這就牽涉到小說中方言的運用這個大問題上來了。中國的著名小說《水滸傳》、《金瓶梅》、《醒世姻緣傳》中也有不少山東土話，如果這些小說用山東話念起來，恐怕更加夠味。但這些小說的方言運用還是極有克制的，不會山東話的人也看得懂。《海上花列傳》則是完全用吳語蘇白，不屬吳語系的人，只能看懂一二。《花甲男孩》雖然臺味很濃，因為楊富閔在小說中方言的運用得當，順其自然，並非刻意炫耀，因而不失其流暢的可讀性。

《花甲男孩》的主題其實寫的就是人倫，而且是中國傳統式的人倫：祖孫之情、夫妻之情、父子之情，寫得最動人的幾篇，也就是作者用情最深的時刻。

〈逼逼〉是寫老夫妻之間愛恨交集的複雜關係。水涼阿嬤的先生讀冊阿公，一生風流，到了臨終還有一個叫「逼逼」的情婦糾纏不清。水涼阿嬤雖然滿懷怨憤，但以七十五歲的高齡還是騎著粉紅的腳踏車到廟裡替病危的丈夫求平安，並且按著臺灣鄉下的習俗，翻山越嶺尋找親戚報喪，那是一段令人肅然起敬的行旅。讀冊阿公給水涼阿嬤留下了最後遺言：多謝五十年的妳。老夫妻終於和解，水涼阿嬤要用手替讀冊阿公繡一張訃文，她打算連他那些女人的名字也刺上去。王禎和有一篇描述黃昏之戀的小說〈來春姨悲秋〉，楊富閔的〈逼逼〉也有異曲同工的感人力量。〈繁星五號〉中單親爸爸流浪國文教師蘇典勝與獨生子保詢相依為命，不幸兒子國一時車禍喪生。曾經一心栽培兒子上重點中學繁星，為了達成兒子未竟的心願，流浪教師蘇典勝寧願放棄原有教職到繁星中學去當校車司機開繁星五號。校車上的學生都變成了蘇典勝自己的孩子，亦都變成了保詢，被挫傷的父愛因此得到暫時的舒解。但車上的孩子總有長大畢業的一天，畢業典禮後，孩子們歡天喜地被自己的家長接走了，只剩下蘇典勝還坐在繁星五號空車裡，痴痴地等。這是楊富閔寫得最「正經」的一篇，蘇典勝的悲悵心情是如此沉重，作者再也無法使用他慣有戲謔的語調。自從黃春明的〈兒子的大玩偶〉之後，我還很少讀到父子之情寫得如此真摯動人的小說。

《花甲男孩》寫的大多是老人的故事，而且是老人們走向衰亡的途徑。這些老人的情境也就象徵性地反映了臺南大內這個農業鄉鎮月暮黃昏的頹敗景象。楊富閔深愛他的故鄉、也深愛他的鄉親，他為大內鄉以及大內鄉的老人們無可挽回的衰頽命運譜下了幾首動人的輓歌，可能這些輓歌是隨著電子琴伴奏，嘻哈唱出的。

《花甲男孩》是楊富閔第一本小說集，出手不凡，我們對他應該有更高的期待。

名家推薦

新世紀的老少年，後現代的原鄉人。楊富閔是當代臺灣小說最值得期待的作家。《花甲男孩》文字靈動，人物鮮活，更重要的，楊富閔寫出了青春世代對鄉與土的複雜情懷。

俚俗與文明，生命與死亡，歡樂與悲傷，古老的題材，嶄新的詮釋。不變的是包容與悲憫——以及對文字無比的信念與追求。

——**王德威（哈佛大學東亞語言及文明系講座教授）**

楊富閔是當代臺灣極具特色的青年小說家。他的語言鮮活，敘事靈動，不僅敏銳地掌握到時代與社會的遷變，並能以e世代的眼光，去看待生老病死等永恆又普遍的命題，使得古老的情感不再古老，尋常的事物也不再尋常。

他的小說富於喜感，所說的故事既鄉土，又現代；既老成，又深具童心；嘲弄調侃的深處，隱藏的卻是動人的溫厚與同情。正是在這許多看似兩極的端點間游走穿梭，《花甲男孩》煥發出令人驚喜的新鮮意趣，更彰顯出新舊交替的時代推移中，臺灣小人物的強韌生命力。

——梅家玲（臺灣大學中國文學系教授兼系主任）

從來沒有想過，小說裡的那些點滴可以這麼活靈活現的整合成為繁星鄉的鄭家人。去除掉那些人名符號，我們很容易能在其中找到自己的對應感動，例如那位從小疼惜我們的阿嬤、那群幼稚到像孩子的長輩、那段青澀萌芽的愛情點滴、那個每年過節會回去的鄉下四合院……從文字集結成小說到改編電視，現在花甲終於要躍升大螢幕，但不變的卻是富閔原著《花甲男孩》裡值得再三品味的動人情感，隨著心境和歷練，每次閱讀都能再次產生更豐厚的共鳴，彷彿自己的某段經歷正在花甲當中上演，啊~那就是我的花甲人生啊！我想，這就是富閔花甲在轉大人和轉男孩間創造的無邊魅力，也期待花甲所創造出來的國民角色，都能以各種形式繼續在我們生活周遭延續下去。

——蔡妃喬（結果娛樂營運長）

如果可以把楊富閔寫的句子從書本上拉下來放到哪個鄉間的路邊，它們一定可以長出腳來，活蹦亂跳地跑開去立刻融入來來往往的樸實身影、向著陽光的深邃皺紋和燃香貢果、洒掃操勞、雞犬相聞的每一天。

《花甲男孩》這本小說裡人物鮮活，情境幽默，布局睿智，把膠合著俚俗荒謬和至高倫理的生活寫成了一種傳奇，然後傳奇又變成了一種鄉愁。這次植劇場改編楊富閔的作品，特別請這位年輕的作家加入編劇團隊，這個大孩子謙遜認真，笑的時候亮起眼睛的純真，好像他才第一次離開家鄉。

——王小棣（導演．「植劇場」總監）

我在看完小說，準備改編戲劇時，寫下：

「有些男孩一輩子都沒有轉大人……致　幼稚的人生」。

富閔在他的小說，詼諧的敘述中，檢視著我們荒謬的自己，遊著那個不太滿意卻又痛快的旅程。

踩著影子下酒，對影三人。

醉醺醺地掉淚，想念著自己所愛的親人。

然後大聲地說：我可不可以永遠活在那樣的一個男孩世界，不要長大？

這是一本充滿戲劇張力的小說，一如你我的人生。

——瞿友寧（「花甲男孩轉大人」導演）

富閔是一個非常年輕的新世代作者，但他筆下寫的卻都是阿公阿嬤的故事。他用了九個短篇，說了九個不同的故事，但每個故事裡盡是在說新世代的年輕人與公嬤輩、與家鄉土地捨不去的情感。作者的心思非常細膩，情感十分豐富，故事中每每對家鄉環境的敘述，對各種習俗的描繪，都讓人有身歷其境的感覺，也充分地感受到公嬤輩與年輕人，如何在一個新世代與舊世代拉扯又融合的環境裡生活著。

富閔以一個年輕新世代的視角，用年輕人的語彙，再加入現代流行的事物，以一種非常貼近真實的世代相處的荒謬與趣味，來呈現生活在家鄉的阿公阿嬤與年輕人與環境的互動。

富閔文筆活潑趣味，自然語（國臺語交雜）的寫法，用新世代的觀點下筆描述看似鄉土的故事，卻十分貼近現實生活，我們完全可以看見一個新世代的作者，如何運用屬於年輕人的新語彙，說出對於家鄉的舊情綿綿。

——李青蓉（「花甲男孩轉大人」導演）

常半開玩笑對富閔說：「你光是把小時候的回憶寫出來，就不知道可以出多少本書了」。在他（帥氣髮型下）的頭殼裡，畫面、聲音、氣味、語調都能完整重現，就連當時的濕度、光線映照出的煙塵，也彷彿刻畫在他腦海中，這種記憶力叫同樣靠文字吃飯的我無比嫉妒，更別說富閔還能把這些回憶，一個又一個轉化成飽含生命力又接地氣的故事，真是個不可多得的天生說書人。感謝植劇場，認識富閔是我的福氣；有富閔這樣的作家，是臺灣人的福氣。

——吳翰杰（資深編劇．「花甲男孩轉大人」編劇）

「偶再相遇，兩人一起做一件事，那一刻沒有痛、沒有外遇、沒有悲傷，在那片遼闊的林子裡只有兩個漂流的靈魂。」……初讀〈繁星五號〉小說，我呆了一陣後，在筆記本寫下這段可能的劇情，之後八個月的時間，我們與作者富閔一起開會，每次看著他頭髮微亂、語調略急促卻擲地有聲提出劇本提議，一次次加深劇本的文學性，一次次在劇本會後趕赴臺灣各地與青年學子暢談文學……。富閔這個花甲男孩太優了，這位年輕作家太猛了，很難讓人不愛他。引頸期待富閔的新作。

——楊璧瑩（資深編劇．「花甲男孩轉大人」編劇）

電視劇裡檳榔攤的素蘭嬌之花，史黛西說，人生都有那天，歡喜、爽、痛快，尚重要。又痛又爽，真是我在讀原著小說的第一手直接感受。厲害得像個肖婆的作者富閔，信手拈來，讓每個生命千瘡百孔的小說人物，都開出了哀豔絕倫的花朵，讓人久久無法移開目光。從小說到影視劇本改編，我們戮力想保留這份真摯的感受，讓你看了，歡喜、爽、痛快，又哭又笑，感動得不要不要的！即便穿夾腳拖、提菜市場紅白塑膠袋，都能覺得自己真是他媽的扎扎實實活著，都能理直氣壯地，走在自己人生伸展臺上，用臺灣囝仔身分，訴說一個屬於你我，在地的臺灣故事。

——詹傑（舞臺劇暨影像編劇・「花甲男孩轉大人」編劇）

暝哪會這呢長

現在，我們祖孫三人正坐在發財車上。緊緊依攏相偎，把全世界擋在車窗外。

現在，我們正準備離開大內。

大內無高手，惟一姊，惟阿嬤。

我開始在姊接的部落格留言是在去年夏天，芒果花開水水的季節。我們的故鄉——臺南縣大內。四界攏是花香味，花香味沿著曾文溪水從玉井走幾個彎道飄至大內，讓我想起亦是去年夏天大伯公的葬禮，送葬隊伍內人手一枝香水百合天人菊向日葵的走在鄉境村路上，香味貼緊了我們麻衣麻帽與頭披，上百子孫們按輩分順序，以各色孝服標記身分，一路過廟過橋過路邊人家的到火葬場，我與姊接並排送葬隊伍最後頭，新生代，連孝服都不穿。

我開始習慣每個星期五晚上十二點在姊接的部落格「大內兒女」留言，與她保持聯繫，我企圖張開一面家族血系的網，想在虛擬世界把她撈回大內岸邊，於是我手邊有了四張訃聞。分別是二〇〇〇年的曾祖母楊陳女、二〇〇二年的大伯婆楊陳懷珠、二〇〇五年的大姑婆鄭楊枝，至最新一張二〇〇七年大伯公楊永德。我以這群同姓氏先輩之名留言，隱藏身分卻不斷介入敘述，我仰仗亡魂輩的身分背景感到安心，卻不停的加入我的口氣與回憶混淆視聽，我想要撈回這個棄家而走的姊接，像託夢、像陰魂不散般在「大內兒女」與姊接對談——關於她決心當個不孝女這檔事。

「不孝女！女孩子不嫁是要留在家裡當虎姑婆是不是!?紅閣桌上是沒在拜姑婆的！她死後看誰要去拜她！沒得吃！去做孤魂野鬼！」大內一姊每天下午五點

在三合院前復健時，小學生般默背課文的念一遍給我聽。

我說：「阿嬤！妳真三八！煩惱姊接做鬼還會肚子餓！姊接在處罰妳！真正不孝啦！要妳逐工攏要想她一次！不孝不孝！」

阿嬤是我的大內一姊，大內無高手，惟一姊。

八年來，我們三合院以極恐怖的速度連辦了四場葬禮，走了了啊，大內一姊總說：「早前埕上不時攏有人影，現在連一隻貓攏無，攏走了了啊。」

我說：「阿嬤，但是妳現在就是尚大的！妳講的話尚大聲！尚準算！」

姊接與我從小就是大內一姊帶大，她是典型的做田人，典型的那種不是很高，膚質卻黑的很健康的阿婆，她的臉從每個角度看都像極了大內鄉朝天宮的那尊媽祖婆，肥嫩啊肥嫩，真慈悲，可她也是個難搞的女人，我們三合院內沒人敢惹到她，祖產分瓜，動輒幾百萬的土地賠償金，她一人代表我們這房去開會，聲頭真正親像雷公塊陳。她一生交手過的水果比男人還多，種出來的柳丁酪梨金煌與愛文往往是貨到果菜市場就被販仔包走，真實在。她二十歲就死尪，才生一個兒子，一路寡人拉拔兩個孫子到現在，我們不能算是沒錢人，因為我們相較同輩分且有爸媽照顧的同學而言，大內一姊對我與姊接的教養之路，可說是潮流極了。大內一姊總是很潮，她很潮的騎著一臺野狼125載我們上下課，儘管我們的三合院僅離大內國小一百公尺，她且在政府尚無規定騎機車需戴安全帽的年代，就要我們姊弟頭頂全罩式安全帽的跟她四界去，我無法忘懷她左腳打檔的姿態，以及引擎運轉聲中她既溫柔卻有點感傷的歌聲，那首〈暝哪會這呢長〉，大內一姊的唱功，套句星光大道的名言便是：「音準不重要，重要的是，唱歌就是在說故事。」大內一姊很愛唱歌。她唱的歌都只說一個故事，故事是她很潮的開著發財車載我們去善化學美語、去麻豆念私立中學、去永康吃麥當勞，去東帝士頂樓坐小火車，大內一姊為了讓我們能掌握語言的優勢，且不時教我們幾句日文，她是個很有遠見，且很有 guts 的阿婆，有一冬，姊接哭哭啼啼的從學校返回跟她投：「我不會算數學，老師叫我去死啦！」大內一姊正在埕上跟當時離婚住老家的大姑婆一起曬芒果乾，氣不過，一粒黑半邊的金煌芒果還握在手上就找老師理論去，她進學校尋教師辦公室門眼睛張大找姊接的導師，五公尺外，發現獵物，大內一姊金煌芒果就朝導師的身子丟下去，拉大嗓子：「妳憑什麼叫我孫女去死！我是付錢請妳叫我孫女去死的喔！」大紅造型的導師像粒流汁的芒果回嗆：「妳是誰啊！」「我是誰，妳不去探聽看看，大內鄉朝天宮廟後，姓楊的，恁祖母叫蔡屎啦！阮尪姓楊，我叫做楊蔡屎啦！妳準備剉屎了啦！」我深深記得大內一姊的氣勢讓整個辦公室都硬了起來，真的沒人敢惹她。我還記得小學某一年，大內一姊老早熱車等著下午四點放學的姊接與我要去臺南市，那時候還沒死的大伯婆見了我們要進臺南，便直以為是要去醫院探病，以至於入夜返家後見著我們都有點紅腫的雙眼遂更篤定某某人的病況恐怕不樂觀，其實直到大伯婆死前我都沒機會跟她說明：「那一工，阮阿嬤駛車載阮去看《鐵達尼號》啦！」（那群老人們進城的機會總是少，最常去的可能是奇美或成大醫院，或事業有成在臺南市買房定居的兒家。）便會有人問及我們的父母，據大內一姊的發言：「他們都在美國，他們很孝順，給我錢照顧你們姊弟，只是沒時間轉來臺灣。」（多少年後我才發現，我們從不使用爸媽字眼，太陌生了，遂也成為掉字的一族。）

於是每年母親節，我與姊接便會手工一張卡片獻給大內一姊說：「阿嬤！祝妳阿嬤節快樂！」（大內無高手，惟一姊，惟阿嬤。）

我們祖孫三人誰看來都像是被孤立了，據守在三合院的右護龍。十年來，三合院連辦了四場葬禮，連大內一姊都說：「下一個該不會就輪到我了？」曾經喧鬧的院內，如今走了了啊，剩下我們祖孫三人，站崗般的護著這老土地，無消無息。

然姊接卻樂觀地說：「是我們在排擠全世界啊！」是的，排擠全世界。這句話還真學得大內一姊的幾分神似，見證孫子也不能偷生。也是後來我才知道，姊接決定排擠全世界。

是某個星期五晚上十點多，我們的鄉已經入睡，我與大內一姊還神智清明地在收看星光二班總決賽，我們都賭梁文音會拿下冠軍，可大內一姊在看見賴銘偉融合八家將與搖滾元素的表演後就改口：「我感覺神明到現場了，這個古錐古錐的查甫會贏。」大內一姊是星光迷，她開始看星光二班也是去年夏天的事，除了「星光大道」，她喜歡「型男大主廚」，說阿基師真古錐；她也看「大話新聞」，不時注意李濤的「全民開講」，她常常很激動的要 call in，卻又說浪費電話錢，我幫她辦了一支亞太的手機，買一送一，我也拿一支，網內互打免錢，好讓我方便找到她，她的手機鈴聲是周杰倫的〈霍元甲〉，霍霍霍霍，很吵，這樣大內一姊才聽得到。其實她已經快變成宅女了，時間這麼多，那是因為大伯公出殯那天她沒送，一人在三合院內發落大小事情，儼然已經是三合院內的首席發言人，這下她最大了，根據大內一姊的說詞是她忙著換上新春聯時沒站穩，整人翻身跌埕上，老人禁不起跌，現場工人連忙送她到麻豆新樓醫院，我們送葬回來之後，大內一姊已經上好石膏且手握著扶椅在院內大小聲了。「你們大伯公要帶我一起走，沒那麼容易！」這是後來半年，我因為在家等候兵單，陪她做復健時她總是掛在嘴邊的，聽久了，偶爾還會錯覺她是在埋怨大伯公沒有順便帶她一起走。

那一夜，星光二班的冠軍還真是表演八家將的賴銘偉，名次公布時大內一姊已經在沙發上睡很深，我輕輕搖醒她，扶入臥房。我說：「第一名是賴銘偉耶！阿嬤妳猜對了，甘是媽祖婆跟妳講的？」「媽祖婆早就在睡覺了，是你大伯公大伯婆站在門口跟我說的。」她認真指著門外一角，帶著惺忪雙眼的口吻有點像喝醉了酒，她語氣有點硬，倒像是說：「我叫他們不准進來。外面站著就好！」

大內無高手，惟一姊，惟阿嬤。

我登入無名小站來到姊接的部落格「大內兒女」。像是我們不說開的默契，她每個星期五固定 po 上一篇新的網誌，或多或少的述說近況，姊接知道我會來看，然後我再扮演一個說故事的人，婉轉的傳達給大內一姊。曾經我們祖孫三人無話不談，繫守許多不能說的祕密，如今我們連說話都像隔著一個世界，好的時候親像在說夢話甜甜的，歹的時候袂似交代遺言。我們都說得假假的，聽得假假的。

我點進姊接新寫的網誌，標題做〈偶像〉：

學生今天模擬考作文，題目叫做偶像，有學生問：「老師的偶像是誰？」

學生私底下跟我打小報告，說同學間流傳老師跟和尚在交往。有人看到我出沒在臺中公益路的誠品書局……和一個光頭的男人。

讀畢，我趕緊以大姑婆之名鄭楊枝留言，回應姊接的偶像。

我們姊弟的偶像別無他人。妳應該還記得大姑婆是阿嬤一人開車到佳里鎮給護送回來的，再晚一點，很可能就要被踹死了。大姑婆四五十年婚姻伴隨著一個暴力傾向的男人，那個年代的女人離婚事怎麼能說，被夫婿照三餐打的恐怕也不只大姑婆。但妳知道的，阿嬤不是好惹的，她雙手交叉胸前拎著鑰匙鏗鏘地響，一進對方家門先給那男人三耳光：「阮兜的查某不是嫁來乎你打耶！沒什麼好講，人阮帶走！」我們躲在後車篷一路也跟著到佳里鎮去看熱鬧，回程路上，還不斷安慰淚流滿面的大姑婆，姊接，妳忘了嗎？妳的偶像就是我的偶像啊……

然後，謝謝妳告訴我妳人在臺中。

鄭楊枝

不孝女的故事大內一姊天天都會說一遍，偶爾還會獻上一首歌當片尾曲，我陪著繞院埕復健練腳力，當她惟一的聽眾。這真是個多情的夏天。距離姊接決心與大內一姊對峙已過了一年多，今天的雷陣雨遲到，大內一姊的故事遂比雨先到。

「恁大姊實在真不孝，一定要嫁乎那個半仙啊，么壽和尚不知道跟恁阿姊怎麼洗腦，恁阿姊頭殼裝屎啦！走火入魔啦！卡到陰啦！才會不理我這個阿嬤啦！黑白信，信媽祖就對啦！」

「阿嬤，妳不是常常說媽祖婆攏在睡？」

「但是媽祖婆會清醒，恁大姊沒清醒！她根本就是乎那個光頭耶洗腦！沒路用啦！」

「但是那個光頭有很多信徒耶，也是在做善事，幫人開剖人生啊，親像電視講道的師父啊！電腦上他真出名ㄋㄟ！」

「安怎！恁們長大了！你也要跟恁大姊去信那摳光頭耶！當不孝男就對啦！電腦有毒啦！恁攏信電腦教啦！走火入魔啦！電腦無情啦！」

電腦無情，阿嬤有情。而我怎麼敢做不孝男。

姊接是去年在臺南市當實習老師時，上網結識了光頭耶，那時她就住家裡照顧大內一姊，關於那個光頭耶的故事，我都從說故事的人——大內一姊嘴裡，一步步、一天天聽來的。大內一姊說：那個光頭耶是個詐財斂色的神棍，姊接是被人家放符啊！姊接曾經帶光頭耶回家見她，光頭耶買來很多健康食品當伴手禮，她說那個光頭耶一看就知道活不久了，很不健康，運勢真歹，看姊接順利考上教師正職，要來轉運吸收阿姊的靈氣，大內一姊疑神疑鬼的說：「說不定被那個光頭的帶上床囉，可憐啦……」我從來沒見過光頭耶，但他卻像陰魂般周旋在我們祖孫三人的生活已經一年多，是的，一個不存在的、最熟悉的陌生人。大內一姊告訴我，姊接頭也不回就走了，那個光頭耶就等在我們家門口，她是氣到哭到親像早前阮阿公做他死去，丟下她彼當時，姊接心肝真狠！真無情。

這個故事是真的，因為姊接就這樣消失了，直到我在「大內兒女」的部落格找到她且開始隱匿身分和她對話，當她生命中的路人，也當一個充滿疑惑的弟弟，我才多少讀出，她為自己做的第一個決定。

我相信大內一姊，也相信姊接是個很沒主見的人，因為我們背後就有個沒人敢惹的靠山，讓我們從來不用做選擇。姊接容易被人牽著走、容易感動，喜歡聽悅耳的話，生得漂亮，越大越像章子怡。姊接人生的事似乎都被大內一姊寫好了，她乖乖當個符合老一輩期待的老師，然後嫁給大內一姊看滿意的男人。我總以為，大內一姊在這方面很不潮。我和姊接在部落格上互動的第一篇網誌名作〈暝哪會這呢長〉，彷彿注定重逢在大內一姊的歌聲。姊接像許多年輕人喜歡在部落格轉貼歌詞，附加音樂播放程式。她po：

明明知影　你只是泊岸的船　也是了解　咱只有露水的情分

過了今夜　又擱是無聊的青春　這敢不是紅顏的命運

我閱讀歌詞，邊聆聽音樂程式傳來這首〈暝哪會這呢長〉。遂以大姑婆之名留言，鄭楊枝，我在鍵盤敲下：

妳離了阿嬷選擇自己長大。妳應該深深記得大姑婆的婚姻，也許更熟悉阿嬷總是掛在嘴邊的愛情故事，紅顏如大姑婆與阿嬷，如今如妳。我們都深知阿嬷不願被「壓落底」的個性，於是她可以奪回出嫁的大姑婆，甚至和曾祖母為了分家另起爐灶而在大廳大罵出口，把神主牌請走。阿嬷常常說：「做人要有規矩！」妳一定想起了阿嬷的紅顏故事，她與阿公更是露水情分、更是泊岸的船。她嫁進楊家短短幾年尪婿就被牛車壓死，她總怨恨彼當時跟阿公決定要去都市，曾祖母硬是要把他們夫妻留在鄉下，沒地討賺，艱苦啊，只好去開牛車。大伯公大伯婆真正可惡，欺負阿嬤，把那些賠償金全都暗起來，阿嬤說：「我一毛都沒拿到，死尪的是我耶！」

阿嬤只是怕妳嫁不好、被壓落底，尚驚妳是走火入魔，乎人騙去……

所以我該相信，我的姊接，這次為了愛，決定要搏命演出了？

鄭楊枝

當我漸漸釐清疑問，姊接的離家，其實是為愛出走。為誰而愛？神棍？和尚？邪魔怪道的半仙仔？大內一姊其實也是掉字一族，她可能不知道，這光頭耶最貼切的身分應該叫做——網友。

姊接不過是跟網友走了，一個疑似宗教人士的網友。

大內一姊走累了，要我拾藤椅給坐在院埕上，曬西落的陽光。南部日頭斜射三合院落的每個窗櫺與門口，照在閉門深鎖的大伯公家、照在昔日大姑婆起居的角間廂房、照在大內一姊的野狼125、她的發財車。我且跟著大內一姊席地而坐，仰頭靜靜聆聽大內一姊唱支歌：

明明知影　你只是泊岸的船　也是了解　咱只有露水的情分
過了今夜　又擱是無聊的青春　這敢不是紅顏的命運

那片從山區而來的烏雲消散，今天的雷陣雨就這樣悶在天尾頂，落沒來，親像大內一姊掛在目睭的目屎。鄉內四界真平靜，無消無息，無動無靜。

大內一姊常說，自從大伯公過身之後，咱這些親戚五十就越來越生疏，老的都老了，少年的都少在相借問，我常聽大內一姊感慨，彷彿她開口就是一部大內史。我忽然相信每個叔公嬸婆阿公阿嬤的一生便等同於一個鄉鎮的開發史、一部斷代的民國史、短暫的昭和史，而現今，他們又是走到哪一個時代了？

有時我甚至懷念十年來的四場葬禮，轟轟烈烈，看出一個家族的旺盛。葬禮的繁文縟節反倒讓平時疏離的我們有了表演的機會，我懷念我與姊接在曾祖母過世時和三十幾個姑姑堂姊們圍在大棺木旁真哭假哭的場面，那時候我們都忘了靈堂外的紛擾，只用心做一件事，那就是哭。我也懷念大姑婆出殯那天大內一姊又哭又唱的訴說大姑婆的運命與人生，在場的男男女女也像跟著活了一遍。我們都忽然有事可以做，而非茫茫渺渺於人世間。我們有家可歸，有棺可扶。我亦懷念大伯婆的告別式，三合院內表演的民俗團體，牽亡歌、電子琴孝女、鼓吹陣，以及入夜家族大小在三合院前繞一個大圈燒折合陰間上百億的紙錢。多麼懷念的送葬時光，次次我都不甘心的走在出殯回程的路，很怕這張以死亡之名牽起的大網就這樣散了、斷了。然後，再也無關。我們都哭就是哭、笑就是笑，沒有想過跟全世界站在同一個線上，更像是要排擠全世界。然而急速的死亡也急速帶著一個家族走向沒落，一個家族的沒落，往往牽動著一個老鄉的衰退，這些被忽略的老鄉，與那些早已無人祭拜的孤墳上面長滿的一季季芒花、那些眼神呆滯等在養老院群居視聽室看綜藝節目的老人有什麼差別呢？我們的大內如此孤絕，當鄰近的官田以總統以菱角聞名；當玉井以芒果進軍日本；當新市的科學園區帶動善化房地產的血氣；當七股以鹽田黑面琵鷺翱翔在國人眼裡。我們的鄉——大內，還剩下些什麼？平埔族？酪梨？還是陳金鋒？有一年，我們鄉的曲溪村口蓋了座天文臺，圓形建築彷彿是山坡上長出的野菇，大內一姊曾說：「么壽喔，那個天文臺像我這樣的老人爬上去，剛好順便葬在那裡，這麼高！有誰人會去？」大內一姊絕妙好辭，她形容的天文臺是長在大內鄉獨有惡地形上的一顆肉瘤，看水水的而已。

看水水的而已。

阮的日子平板無聊，阮總感覺尚精采的人生已經過去，就親像大內一姊的青春凋落，阮的一切攏總無意義。

我常常想，這些年輕人大量流失、而老伙仔大量往生後的老鄉村，未來，到底剩下什麼？我們的大內、我們的三合院，大內一姊的大內，到底還有什麼？

「有心，人有心，電腦無心。」大內一姊說過的，換個說法，人有情，電腦無情。

依然是星期五的夜晚、依然是「超級星光大道」的收看時間、依然是深睡的大內鄉，我們祖孫已經從星光二班看到星光三班，可大內一姊往往在十點過後便開始打盹，不再如過往很入戲的跟著一起評分，而我開始偶爾轉臺看談話性節目。街口有野狗狂吠，叫醒白花花路燈、叫醒大內一姊：「么壽狗，吠成這樣，甘是去看到鬼。」我說：「可能是看到祖先又轉來啊……」「就都走了了啊，轉來是擱安怎……」我常常恍惚感覺大內一姊口氣中的思念，以及她身後龐大的落寞，大內無高手，惟一姊，惟孤獨老人。大內一姊起身準備進房睡覺，她問我：「那個不孝女最近擱有置電腦跟你聯絡沒？可憐啦，姊弟講話還需要用電腦，又不是沒嘴？信電腦教，走火入魔啦……」我說：「阿嬤，妳也可以來學電腦啊，都市很多老人都會打字上網耶！可以跟全世界站在同一線上，阿嬤妳不是最時髦了！」

大內一姊說：「野心這呢大！還想跟全世界站一起？恁大姊，那個不孝女，連自己置叨位攏不知喔……恁們少年人，毋通連自己是誰都不知道喔？」

我點進姊接的部落格大內兒女，神祕空間，彷佛可以存放好幾世代人故事。姊接連發了三篇網誌〈老〉、〈病〉、〈死〉，我一一閱讀且以祖先之聲，彷佛回魂般與她對話，聽姊接說故事。

〈老〉

底迪：

這是姊接給你的日記，最近出入醫院次數頻繁，幾乎以為這世界都病了。我到便利商店看見 open 將人形大看板竟然哭了起來，結帳時忘了取發票，open 將是不是長得很像外星人？我伸出右手食指感應，在店門口呆了很久。

那天改學生作文，文筆很差，大多不知所云。我逐字讀她們瑣碎與片段的故事，感覺閱讀的障礙。底迪，我們跟這世界，是不是越來越難溝通了？

他在化療，頭髮理光，老病死會不會一起來？

姊接開始在網誌提起那個光頭時，光頭耶已經癌末。多麼像剛要開始的故事，女主角先送給了我結局，而我只好往回溯，或者，乾脆放棄了解。我有點擔心姊接，在文字中讀出她的改變，是她長大了？還是我老成起來了？我回應：

阿嬤晨昏必燒香，三百六十五天大概有一百天都在祭祀，拜各路鬼神。阿嬤最大的支出除了生活費，就是獻給神鬼的錢。她拿香，煙燻得眼淚流，阿嬤在跟誰溝通？媽祖婆？地藏王菩薩？好兄弟？還是歷代祖宗？阿嬤是在跟自己溝通，她在跟自己相處。她念念有詞說給自己聽，就像這幾年葬禮中的大小規矩，都是演給活人看的不是？都是我們演給自己看的不是？這就是規矩。

姊接，我們這世界還有規矩嗎？

楊陳懷珠

我點閱第二篇日誌〈病〉：

〈病〉

出入醫院，身上像穿著一襲藥水味。陪他繼續化療、頭髮理光光，阿嬤說不準的是光頭耶以前不是光頭，他髮量曾經很多；說準的是，他看起來健康很差、活不久了。我到醫院外的花園走路，看見各國外傭推著臺灣老人在花叢前會聚，外傭們聊開玩開了，放那些吊著點滴、鼻子插管的老人懸著頭晃啊晃，與棄置在資源回收桶前的大小包垃圾並無兩樣。底迪，我想起大內鄉下的那群老人，他們或者年老住進養老院或者一人獨居老厝宅，他們通常都有些成就非凡的兒媳在高雄在南科或者一生從未到過的北臺灣，他們的孫子大概只在暑假寒假才回來，半年長個十來公分不是問題，遂讓久久才見一次面阿公阿嬤也有種認不出、而誤以為是別人小孩的錯覺。底迪，我想起了阿嬤，也想起家鄉那群照三餐運動打太極跳土風舞手動腳動的老人，他們年輕時都很有活力的在荔枝林芒果樹中穿梭，體力向來過人，卻不明白何以老了還這樣用力運動？我很是大膽的揣測，他們是為了健康，但也許更怕哪天血管不通腳手麻痺不能動，怕勞煩了子女，更怕被一腳送進養護中心，他們可能不怕死，卻怕死後兒子在大陸、女兒在美國、孫子在補習、媳婦在開會，沒時間趕回來看最後一目。底迪，最後一眼，到底是誰在看誰？

復讀畢，我有種直覺，姊接就要回來了。她確實走火入魔，可走火入魔不就是一種執著，執著就有痛苦，我可以感覺姊接的痛苦。姊接的日誌大量回目故鄉往事，我幾乎可以看見，她已經等在家門口。

我以大伯公之名回覆姊接的病：

姊接，我感覺到妳的病。我感覺到妳對溝通不良產生的焦慮與不安，無話可說無言以對。妳的心中也有座大內，但妳的大內更封閉、更孤絕，且荒草蔓生恍如家鄉的亂葬崗。那裡沒有人在說話，人們生活大概只剩下肢體語言與臉部表情，就像我們重逢的神祕空間，有花樣百出的表情符號，和猥褻歪斜的動畫。姊接，有條隱形的河流在我們之間，也在家鄉外面。我揣想那是曾文溪，曾文溪水繞在大內鄉的邊境，乍似護城河，我卻以為那是深不可測的深溝。

姊接，對妳而言，鄭楊枝、楊陳懷珠、楊永德之輩，甚至整張訃聞上不及備載的人名都抄一遍，對妳而言，是不是只像一種符號？這張家族血系大網就算搬上了網路世界來到妳的神祕空間，這些曾經與妳一同列位某張訃聞上的妳兄我弟妳姊我妹，現在又生疏的跟網路上哪組ＩＤ哪個暱稱哪個鄉民有什麼差異？我們，會不會也只是妳的網友罷了？

許許多多的數字，不差這一組0920894985。

楊永德

我點進第三篇，標題〈死〉：

〈死〉

他走了。他的信徒們跪在公祭會場外好幾百人，說他是活佛來轉世、說他的任務已經完成要返去仙界。我只是掉淚，覺得擁擠。他的母親說栽培他出國念博士說他心肝就袂碎去。

我到便利商店找open將，伸出右手食指碰觸，沒有人回答。

網誌是在這三天陸續發表的，走火入魔的時間已經結束了，我似乎可以明白姊接的所有想法，遂以曾祖母的名字淡淡留言。

姊接，我們無處可去，我們只好回家，大內，那裡總是安全。

楊陳女

巨大的深夜，我彷彿一步走過好幾千年，暝，哪會這呢長？

五點，我下線。同個時間大內一姊推門進來飆人：「已經五點，我攏睏醒，你擱還沒睏！你也是玩電腦玩到走火入魔啦！」沉睡的鄉下開始傳來溫柔的雞鳴，多麼美麗的清晨時光，我聽見大內一姊中氣十足的喝斥聲。大內一姊拿著扶椅走往上了霧氣的院埕，像走進仙界，到達大廳。我跟著她的腳步走進大廳：「今天有人要回來了。」大內一姊說：「這樣喔。」我們三合院無人造訪已久，誰要來？大內一姊是聽懂了？我說：「天若光就會回來了，到時候我們再去接她。」大內一姊說：「好啊。晚上我們就來去臺南市吃飯。」我們的對話似乎省略了篇幅巨大的實情，且故意忽略心中忐忑的思緒。我感覺時間正在倒退卻又在向前，我時而面向大廳，時而背對著三合院。我像看見大內一姊騎著野狼125三貼，我們姊弟且經過兩旁皆是柳丁森林的小路，聆聽前座大內一姊隨風而來的歌聲，那首〈暝哪會這呢長〉，悠長哀怨的曲調，總讓我們以為車到了盡頭，暝會過，而天就會亮。

我就在大廳的太師椅睡了起來。像睡在列祖列宗的身旁，便也有死一次的感覺。我彷佛夢到大廳停放過的具具棺木，沉穩靜定的姿態，竟讓我感到心安，而睡得更好了。在夢中，我隱約聽見大內一姊對著列祖列宗說的話：「楊家祖先，今仔日阮孫女就要回來了，希望眾公媽保佑，保佑她一切攏好。還有，我這個男孫大學剛畢業，再不久就要當兵了，他從小就沒什麼朋友，在家很厚話，在外面像啞巴。我跟他阿姊就是他唯一的依靠，他身體真虛，不知道做兵去會不會受得了？我實在足煩惱喔……」

日頭好，日頭刺醒大廳刺醒我，我微微張眼看見大內一姊正在擰抹布，擦拭她的發財車，如此安靜的庄頭，日上八點，尚無一點聲音。忽然……

霍！霍！霍！霍！霍！霍！霍！霍！

霍！霍！霍！霍！霍！霍！霍！霍！

霍！霍！霍！霍！霍！霍！霍！霍！

大廳紅閣桌上，無名方形物體發出綠色冷光傳來聲音，傳到三合院來，霍霍霍霍，撞擊左右護龍的牆壁，分貝加大。大伯公出殯後，我們就再也沒聽過如此高亢的聲音。半睡半醒的我嚇了好一大跳，對門外大喊：「阿嬤！妳的手機啦！妳的周杰倫在叫了啦！」不遠處大內一姊一拐一拐的來，我故意不接起。我們的三合院忽然霍霍霍霍了起來，像是丹田有力且臉色紅潤的老人在練功，霍霍霍霍。大內一姊拿過手機：「霍霍霍霍，好啦！好啦！不通擱霍啦！我剛剛拜拜完，就把周杰倫忘在紅閣桌上啦，老人記憶差啦。是誰打電話啦？」

「hello，this is 楊蔡屎。」

我在旁噗哧的笑，激動得全身在顫抖。三合院內，我們的大內。大內一姊多麼氣派的說著電話。她一手拄著扶椅，一手握著電話，像聊八卦般的說著，不時還夾帶幾句成語，感覺很以當國文老師的孫女為榮。大內一姊言談的側臉宛如大內鄉朝天宮內那尊媽祖婆，讓我深信她會永遠康健。

現在，我們祖孫三人正坐在發財車上。緊緊依攏相偎，把全世界擋在車窗外。

現在，我們正準備，離開大內。

大內無高手，惟一姊，惟阿嬤。

本文獲二〇〇八年全國臺灣文學營創作獎小說首獎

入選九歌《九十七年小說選》

逼　逼

「逼逼、逼逼說要帶我去環遊世界喔！」讀冊阿公幼幼班腔調，敲打著輪椅。

「逼你去死啦！一天到晚對著我逼，你麥擱逼我了……」水涼阿嬤跳上床，作勢要打人，被蘇菲亞給擋了下來，急著說：「老闆娘，老闆他也是被逼逼逼瘋的啦……」水涼阿嬤遂指著讀冊阿公的鼻頭說：「逼轟？反正你都說，我是來自蕭壠的肖郎啊！那我就轟給你看！」

農曆六月二十九，午飯畢，水涼阿嬤一聽聞看護蘇菲亞說：「老闆不吃了。」隨即拋下手邊小學生的制服刺繡，拎著她那臺「公路車款」，亮粉紅車身，穿上白底吸濕排汗車衣、黑系七分自行車褲、頭頂三十開孔外星人螢光黃車帽，全副武裝像隻臺南縣官田鄉葫蘆埤復育成功的菱角鳥——臺灣水雉，顯見水涼阿嬤少女身材，上路。她速速來到西庄惠安宮前跟媽祖婆對談，靚裝置身在肅穆神堂，手持三炷香，呢喃，順手把香傳給蘇菲亞，便將可變化各色鏡片的半框護目鏡戴上，鏡架緣著髮線而上，剛好修飾她七十五高齡微垮的臉型，她的臉極小，氣色從來都是她這輩阿公阿嬤當中的最好，但她最在意這款護目鏡小心可別擋到她印堂那顆觀音痣，對著手持DV站一旁的小孫子說：「這可是阿嬤的GPS。衛星導航。」水涼阿嬤永遠有最新的語言，但她卻忘了蘇菲亞不諳臺灣插香語言，驚見她將三炷香倒插在黃銅大香爐，逗趣直說：「倒插三炷香，代表我要跟媽祖下戰帖就對了！」小孫子應聲：「對啦！跟媽祖輸贏一下！」鏡頭帶到蘇菲亞，拍手：「老闆娘！一路好走！」

三人出廟門，來到掛滿黃絲帶的惠安宮廟埕，水涼阿嬤仰頭以為是天降千萬張符咒，大夥掌聲如西南部午後響雷，水涼阿嬤極輕便，連此行去處也沒交代地就輕盈跨上她的小粉紅，小孫子和蘇菲亞喊的真大聲，大概怕媽祖臭耳聾說：「祝全臺灣最酷炫的阿嬤單車上路，一路順風！」

一路順風，一路好走。

●

臺南吹南風，讀社會系的小孫子回官田老家避暑，極敏銳。水涼阿嬤一出門，他便將無線上網的HP筆電挪到讀冊阿公的組合屋來，待命，屋蓋後院無冷氣，與有機菜圃相鄰，屋內厝一只床，水涼阿嬤那時邊罵邊撤，撤出從前農用鋤草機、噴霧機、廢電視、受潮床墊與擋雨用候選人壓克力看板四大片，就全心留給讀冊阿公好大一間。水涼阿嬤對著數十年老鄰加親戚說：「我什麼都給他，以免說我逼他走。」小孫子此時大口喝善化冬瓜退火茶，刀叉玉井愛文芒果，蘇菲亞在檢查讀冊阿公瞳孔，遞一湯匙魚骨精髓熬出的稀飯。「還是不吃。」

去年讀冊阿公遭劈腿，破大病，這還得說起他暗夜倒在臺南市通往安平的民生路邊，類流浪漢，直喊著愛人小名——逼逼。「逼逼說要帶我去遊山玩水、環遊世界。」送進奇美醫院，斷層掃出腸穿孔，大白話說腸子破洞，肚腹畫出一條嘉南大圳，引發糖尿病，鋸一隻腿，從此屎從肚腹出，單隻腳爬不出西庄透天厝，終於不再偷吃。從前風流話才華全廢，剩一句，「逼逼說要帶我去遊山玩水。」像詩。逼逼打哪來？要打哪裡去？水涼阿嬤言談更像詩：「死阿陸仔，騙錢騙拐。」又每次讀冊阿公對著她逼逼逼，求救訊號，水涼阿嬤眼一瞪：「逼你去死！」隨後，便扶他起身，跳上床，邊罵邊搓揉全身，舒暢淋巴，活化筋骨，復健一次，水涼阿嬤就淪陷回憶一次，遍體鱗傷退出組合屋，讀冊阿公還是只會逼逼逼。

讀冊阿公相貌類似電棒燙後的孫中山，日本時代加入過詩社，常常去善化慶安宮擊缽詠詩，大賞掛在三樓神明廳牆，每每回家都提一次。他詩藝驚人，把妹亦從不失手。水涼阿嬤說幾乎可以組一團「麻豆鎮民俗團體——十二婆姊」。苦悶時代，水涼阿嬤眼見一雙子女小年紀，好歹自身亦是佳里鎮蕭壠出身的姑娘，有瘋的本性，咬著金牙就給兒子養到天津經商有成，女兒嫁在紐約城。「睡破三件草蓆，抓尪的心腹抓不到。」水涼阿嬤抓不到丈夫的心，遂投入掙錢，官田菱角植了好幾甲，收成時她的菱角造型最像金元寶，排骨菱角湯入口時有甘甜滋味，在家她兼差，秀一手裁縫手藝，替鄉裡小孩刺繡制服學號，收入極穩定，生活從不是問題，感情才是問題。

感情才是問題。

少年阿公愛寫詩，日文底子好，風月報仕女圖都黏在土角厝牆壁，走跳南部歌妓院戶，最常去玉井和善化。好一個玉樓春公子，可不是，阿公詩詞左右開弓，杜牧歐陽修是他的上品。少年阿公喝醉了伏倒家門，醒時便一展宋江陣武功，水涼阿嬤是最早的家暴媽媽，老鷹抓小雞，帶著兒女繞著神明廳跑。

中年阿公棄家而去，整整三十年。紈褲少爺沒有家庭觀念，他是第一代的環島青年，出臺南到嘉義梅山，在南投埔里住一陣子，隨後過中橫到花蓮瑞穗，在臺東深愛過一個原住民女孩，每到新的地方便標楷字體，寫落落長的信回官田，註明寄錢。水涼阿嬤後來都說：「十二婆姊，這時袸態態出現好多個，真的是『用心愛臺灣』。」小孫子小聲質問信都寫什麼，水涼阿嬤推推老花眼鏡說：「他寫他對不起我，說他很思念我。」

老年阿公已停筆，回到官田時孫子已成群，唯一帶到的是小孫子，小孫子雙親都在大陸工作，水涼阿嬤接下來帶，發豪語說要讓他念臺大，老年阿公偶爾也牽著小孫子上雙語幼稚園，對老師直說：「這是阮孫，有像我鼘？」閒時就跟著植菱，老年阿公划小舟採菱，也有船長風情，夕陽落在淡紫色菱角田，水涼阿嬤心想著是不是終於等到這一天。

這次，詩興再發，他年已七十。十二婆姊團有過日本人妻、埔里美女、原住民女孩，沒料到還有阿陸仔。老年阿公和阿陸仔逼逼相逢臺南花園夜市「小上海香酥雞」攤前，一見如故，還直說有臺味，墜情海，迷航臺灣海峽。而今他停筆也停信，學會手拿臺灣大哥大要水涼阿嬤使用ATM，月出數十萬，年結百餘萬，菱角田為高鐵徵收，千萬賠償金全給逼逼在安南區買了豪宅，逼逼來臺才幾年，身分證無，權狀名歸她聲稱早已離婚的前夫，老年阿公臨老入花叢，像盲人不識字，花粉味讓他誤失當臺灣人的本分。

小孫子匍匐在二十七吋螢幕上田調，魔術師般不斷彈出新視窗，他GPS衛星定位已安裝就緒，猜想水涼阿嬷應該已經出了官田入文旦故鄉麻豆，HP電腦倏地逼逼作響，原是已經追蹤到了水涼阿嬷，社會系出身的小孫子恍如來到墾丁社頂公園，天線雷達找尋復育成功的臺灣梅花鹿蹤跡，而他，憑著觀音痣發現臺灣水雉造型的水涼阿嬷，你看，螢幕上紅斑點閃爍跳躍，逼逼逼，小孫子挪動滑鼠，螢幕吐出白底黑字：LOCATE 麻豆龍喉路段。

●

逼鬼月，水涼阿嬷心繫著逼鬼月。一句「不吃了」把她送出住了五十多年的官田，西庄口，路開四線大道，寬敞似外星人基地，也許可停戰鬥機十來架。電線杆，杆杆皆綁黃絲帶，上面有冤情字跡，水涼阿嬷本打算解一條繫額頭，怕太招搖，怕真被誤以為她瘋，便就順著風推動那薄如紙的烈焰狀車輪，讓她酷似三太子腳踏風火輪地出老家，沒了黃絲帶帶路，水涼阿嬤頓失方向感，出了黃符咒羅織的結界，她，馬上頭暈。路況不差，但她車況卻很差，離了菱海，便是文旦園，水涼阿嬤東西搖晃地進入麻豆鎮，頭暈加劇，遂停車，單隻腳立瀝青路面，從腳底感覺土地熱度傳至夜光車鞋。頭一側，才發覺人在麻豆港遺址，難怪水涼阿嬤症狀類暈船。這裡有盛名的龍喉傳說，水涼阿嬤口渴跟隨民間傳說去舀一池龍喉水來潤口，復用礦泉水瓶盛半滿，心想著也許可以讓讀冊阿公胃口大開，閃過鬼月。行行復行行，她要去哪裡？過了港口瞥見眼角擱淺一隻東南亞巨龍，龍鬚伸入雲端或有避雷作用，路來到麻豆五王廟。水涼阿嬤車速打慢，遙想這裡子女孫子最愛來，買票直搗龍身做成的天堂路，看看龍的肚皮下到底裝什麼？出天堂，再下油鍋爬刀山去十八層地獄，水涼阿嬤想起她和小孫子嚇得才轉至第一殿，就逆著人群急急要爬回人間，水涼阿嬤等紅綠燈時想著就笑了，紅燈路旁恰名為「單親媽媽」麵店，老闆娘給她打氣，手比一個讚，還說：「阿桑，妳很時髦ㄋㄟ！」水涼阿嬤倍感親切，本要義氣下馬，點碗鹽水意麵，卻想起自己可不是單親媽媽，急於切割，挪車身到快車道，後方 Lexus 休旅車給她逼逼，逼逼逼地逼著水涼阿嬤離開單親媽媽，單身上路。大暑，烏雲密布，水涼阿嬤臺灣農民出身，此時她憑藉排汗車衣與她側彎脊椎的黏濁度，斷定濕氣，平平，但天色顯暗，水涼阿嬤撤下半框式藍色鏡片，裝上黃色鏡片以應付視線不良，小鎮風光隨即陷入泛黃色基底，此去之路被烏雲逼著趕路，趕得好復古。

復古之路，水涼阿嬤眼前所見卻都是新的，她要去哪裡？沿著麻豆區域畫個大弧，她位置已抵麻豆大圓環，五條大路匯聚於此，一路可掉頭、二路往善化、三路進麻豆市區、四路往海埔池王府、五路到佳里。水涼阿嬤好鎮定，完全不須考慮。你看，她氣定神閒地越過烏魚群般的車潮，全身力氣凝聚在把手上，她心想著：「我要回家裡，我要回佳里。」

「逼逼！」答案終於揭曉，小孫子對著蘇菲亞：「逼逼！蘇菲亞！我知道我阿嬤要去哪裡了。」小孫子日系小平頭，海灘褲黑背心，穿著像是在墾丁，他說：「我阿嬤要回娘家。」小孫子言之鑿鑿地說：「原來阿嬤也是可以回娘家的！」「逼逼，逼逼要帶我去環遊世界！」讀冊阿公不吃，也有力喊人。逼逼聲帶著答案把小孫子與蘇菲亞從墾丁捲回二十七吋小螢幕，看見觀音痣燈塔，水涼阿嬤的車已經快離開麻豆人間海域。LOCATE：麻豆新樓醫院路段。

水涼阿嬤過新樓醫院，這十年跑醫院如進廚房，妯娌輩走光光，要不CANCER、要不中風糖尿病急性腎衰竭，個個都是先送到新樓，盼望再轉臺南市大醫院，急救後，原車折返，剩下她，出奇硬朗。此地於她，簡直是悲傷路段。她鼓起雙手做展翼姿勢，加速俯衝了好一段路，為了降低挾挖路碎沙而來的風阻，水涼阿嬤根本是凌空伏地挺身，酷。出了麻豆鎮，路面肚破腸流，她想到讀冊阿公也是肚破腸流，三角號誌塔排一里長，干擾水涼阿嬤回家之路，路積水，水涼阿嬤連人帶車摔路邊，被扶起身時，人已經到了東南亞。

「這世人，沒被這麼多男人圍著看過。」水涼阿嬤拍拍身上細塵，見四五個道路工人身穿反光背心，上身打赤裸，頭頂洪瑞麟礦工款鋼盔，他們面貌都因嚴重曝曬而黑得難以辨別，大口牛飲福氣啦維士比，身後塵埃漫天，一個還在幫她修理車落鏈。水涼阿嬤連忙道謝，直用臺語說：「恁是叨位人？我買幾罐涼的送恁啦。」工人亦用極流暢臺語說：「泰國啦，泰國人啦。」「泰國仔?!我以為你是在地人！」水涼阿嬤悟道：「原來外籍勞工也是很臺的。」男人護送，安全上路，水涼阿嬤載浮載沉，從曼谷飛過南太平洋駛向佳里鎮。

水涼阿嬤娘家就在佳里鎮北頭洋，佳里舊名蕭壠（肖郎），讀冊阿公逢人便說：「我娶了個北頭洋平埔少女。」或打趣道：「而且是個肖郎（瘋子）。」水涼阿嬤想起打從北頭洋老母走了以後就再也沒回過娘家，幾個弟弟連年過世僅剩她，留下來的未必過得比較好，水涼阿嬤眼底生起一股酸，沒了阿爸阿母的娘家，水涼阿嬤是該去哪裡？車轉「子龍廟」大彎，水涼阿嬤也養成隨時減速的好習慣，然她也像趙子龍一身是膽，讀冊阿公不在的日子，她女人當男人用，六十歲拿到汽車駕照還是住宅水電工，能補牆偷接第四臺，還會抓漏，過單親又單身的生活。水涼阿嬤被一句「不吃了」逼著趕路，為此已經錯過十來間廟寺，原來女人都得等到男人倒下後才正式進入退休生活，水涼阿嬤心涼一半，猛抬頭，小粉紅剛好經過「歡迎光臨佳里鎮」，鎮長名姓，如此生分。黃昏，深陷車流系統，水涼阿嬤不知佳里鎮入夜也這般「小臺北」、「小高雄」，她一個恍神，逼退到麥當勞騎樓。她到底要去哪裡？她老早不屬於娘家親戚網路，點了份兒童餐轉進暗巷，老母生前最後住的大弟家，五樓，對講機逼逼一聲，水涼阿嬤才想起腰際單車便利包內的手機逼逼一聲，有簡訊，像詩：

阿嬤，阿公人造肛門，流出顆粒固狀糞便。18:35 pm。

水涼阿嬤心想這是民間習俗中的：「最後便。」對土地最後一次排泄，眼角泛出悲喜不分的淚，趕緊就著路燈，捺下巨匠成人電腦學來的打字功夫，水涼阿嬤的極簡訊，更是詩：

糞便埋在有機花圃當肥料。

正是時，對講機那頭有人傳話：「請問妳是誰？Who are you?」水涼阿嬤愣了愣：「我才要問你是誰？我是阿姊、我是大姑、我是大姑婆啦！」逼逼一聲，鐵門卡啦卡啦彈開，水涼阿嬤嚇得退三步，再扛著小粉紅，上樓，終於喝下今天的第一杯茶。對坐無言，九年級生顧著 on line 也不招待，更不怕生，一手點滑鼠、一手啃番薯條，水涼阿嬤碰上這個九年級新臺灣之子，下足功夫，三國語言混著說：「恁老爸是阮小弟的兒子，so 你要 call me 一聲姑婆。」啟智兒？怎麼沒反應，水涼阿嬤凝視電腦桌前電線纏身的小孩，像外星人，你看，耳機線麥克風線主機線隨身碟，水涼阿嬤直以為真像人快死了在輸血。越南媽媽工作回來，買回外食「八方雲集」，認出是大姑婆，小跑步給了個擁抱，水涼阿嬤開口就說：「你大姑丈不吃了。」「不吃了？那他想吃什麼？」越南媽媽不懂，水涼阿嬤說：「古早人要是尪婿不吃了，都得回娘家報備一趟。」越南媽媽這才意會，為了後天普渡用的家樂福戰利品隨手扔飯桌，緊握大姑婆的手，兩人淚潸潸。水涼阿嬤還說：「希望能夠度過這個鬼月，不然就是這兩天了。」越南媽媽替水涼阿嬤拭淚，要九年級生去買個吃食，水涼阿嬤說她也吃不下，掛記著還要趕路。開電視，內湖捷運新聞各臺跑，水涼阿嬤一針見血地說：「我連捷運生怎樣都無災？新聞臺是以為大家都是臺北人是不？」越南媽媽轉臺至「臺南地方新聞」，撿到片尾，只聽見「總統老家黃絲帶沿路飄逸……」水涼阿嬤心絞痛，膝蓋骨微疼。越南媽媽拿了件換洗用綠條紋上衣，棉質短褲，帶著大姑婆休息去。水涼阿嬤問：「有沒有素一點的顏色。」水涼阿嬤歇坐床沿，稱讚越南媽媽也知道要普渡，比臺灣媳婦還懂臺灣習俗，她又悟道：「原來外籍新娘也是很臺的。」越南媽媽端一大盆溫水給水涼阿嬤泡腳，她推辭著說我自己來就好。「自己人，不用那麼客氣。」

越南媽媽出去看九年級生寫美語作業，水涼阿嬤環視大弟生前這間房，彷彿摸到他的心臟，沒家裡打來的電話，那讀冊阿公就還活著？水涼阿嬤心想，此時她真像小孫子放暑假最愛看的日本節目《來去鄉下住一晚》。沒了娘家，弟妹皆亡，後代亦全無平埔族習性，水涼阿嬤這回真的住進了「民宿」。

自己的家，裝潢著別人的生活態度。她儼然是外人了。

夜深，水涼阿嬤的民宿初體驗，讓她回味起曾長達二十多年的失眠，「逼逼」簡訊兩聲響，電話鈴跟著大作。水涼阿嬤心臟幾乎停一下，來電：小孫子。水涼阿嬤一接手，那頭忙不迭地便說：「阿嬤！不好了！」水涼阿嬤盜汗：「是安怎？」「阿嬤，阿公摔下床了！我跟蘇菲亞親眼看見，阿公根本是被鬼推下去的！」水涼阿嬤眉一鎖，直說：「都只剩一隻腳還摔得下床！乖孫，我看你快快把客廳搬空，拜託蘇菲亞照顧阿公，阿嬤中午前會趕轉去！」

水涼阿嬤逐項交代，心想，真要辦後事了，老人摔落床，與土地辭別，大限。

不再等，夜半就起身，瘋的本能。水涼阿嬤依然臺灣水雉造型，出房門，貓步怕驚醒了人，整屋子掉入一池墨，水涼阿嬤挨著牆，就著客廳稀有的一面光，貓步。

九年生竟還在 on line，夏日冷涼屋身內，是一次外星人與水涼阿嬤的相會。螢幕強光曝曬，打在九年級生姣好膚質上，水涼阿嬤恨不得前去幫他防曬，但她在趕路，一甲子歲數的距離，他們只能彼此點了個頭，水涼阿嬤怎沒懷疑是見到了鬼？到底鬼月業已逼逼靠近。她輕聲打開鐵門，拎著她的小粉紅，不敢出聲，怕吵醒越南媽媽出來勸時間還太早。有人的體溫，水涼阿嬤猛回頭，九年級生立在她身後，踮腳尖，伸出手，幫她戴上忘在沙發上的三十開孔螢光黃車帽，調鬆緊，整臉型。兩人面面相覷，彼此在唇上比畫了一個「1」字。「噓！」不敢出聲。水涼阿嬤為幼齒的加持，年輕又活力的，夜騎。

夜騎出佳里，已不知何時再回來，出佳里，撞見路邊一喪棚，喪棚內有法事進行，喪棚警示燈與水涼阿嬤的車尾紅色燈同款，水涼阿嬤避棚而走，想著天沒亮要出殯，也是在為鬼月所逼？她凝視表演中的牽亡歌，水涼阿嬤沒有看錯，是同一團。這些年她手足全靠這團牽引到西天，為此心中打算也要幫讀冊阿公花七千。水涼阿嬤換上棕紅色護目鏡，以掘菱而長繭的雙手為手套，使勁，奮力踩踏如從前醃漬大木桶酸菜跳啊跳，她努力尋找一個焦點，用她這些年練的太極瑜伽，集氣，她將身子放輕，和她七公斤的小粉紅一樣輕。她漸漸看見了過去五六十年未曾所見過的、複雜，說不出的一種：新生活。

LED車前燈，全亮，霧靄茫茫。路邊小客車、送報員、快絕跡流浪貓貓狗狗讓出一條路。水涼阿嬤無度數眼鏡也看得好清楚，她的心情卻是舊的，滑過兩旁眠夢中的樓房，減速轉大彎，又碰上爬坡，遂讓自己在鹽分地區，行駛成一陣有鹽分的夜風，風線與髮線與車帽流線感一致，爬高落低，水涼阿嬤感覺是被喪用牽亡歌團的三壇法師帶著爬「萬里三坡路」。天清清，地靈靈，悠悠然，竟聽見搖鈴聲來引路。莫非她是來幫讀冊阿公探探路。水涼阿嬤追著龍角吹奏聲，單車飛過「霜雪山」、「冷水星路」。

ＬＥＤ車前燈，半亮，水涼阿嬤飆速過的地段路燈皆同時滅掉，行經7-11瞥見門前睡倒三兩流浪漢，早報商人在出貨。行行復行行，她不靠半空中的綠底白字路標帶路，嘴角似笑非笑地讓身體給出一條路，她的肩膀略瘦，腳底打濕，狐疑著不是買了雙夜光止滑透氣車鞋，搖鈴聲讓她過了重建後的「麻善大橋」，依稀看見橋下菅芒花海，驚呼的原是來到了「揚州江」，水涼阿嬤望橋下，無數亡靈無舟楫可渡，心頭暗自筆記，要給讀冊阿公燒艘船。

過了「揚州江」便是「枉死城」，水涼阿嬤天未亮，人已到臺南科學園區的衛星市鎮：善化鎮。

ＬＥＤ車前燈，閃爍模式，水涼阿嬤化身成南部螢火蟲，她連闖三個紅燈壓毀路樹一根，強風行過善化老街，捲起遮雨棚，並吹倒違規停駛的摩托車，路邊等早班公車的中學生嚇得瞇瞇眼，反應不及地跪爬在地，直以為是一束粉紅光線，搖鈴聲中忽而退去，耳邊驚傳逼逼逼，水涼阿嬤掉頭，棕紅護目鏡下有悲憫目光：交通大隊要追她！逼逼逼逼逼！水涼阿嬤心想為什麼要逼我？為什麼到哪裡都有人要逼我？是誰在逼我？不要逼我！我快被逼瘋了！得擺脫掉，她飛車進入善化菜市場，才五點就人群鼎沸，難道大家都在買拜拜等待鬼門開？

天光，水涼阿嬷聽聲辨位，在善化十字大路失去三壇法師牽引，血糖飆低，頭暈目眩，像生理期少女。逼逼逼，水涼阿嬷聽見是語音留言：

「阿嬷，阿公整晚都沒睡，精神大好，吵著要去遊山玩水、環遊世界。完全不像要老去的人。我跟蘇菲亞決定天亮推他去環遊世界。妳快點回來。」

空腹，水涼阿嬷忘了餓，頭顱沉重。水涼阿嬷翻出貝殼機，手顫抖地按下通話鍵，失訊，無法搜尋網路。心一沉，忍著疲憊，繞去小店買出一大袋，外觀極似水果禮盒，（什麼時候了還買伴手禮？她在想什麼？）睡意壓垮她細長的眉，水涼阿嬷半睡半醒之間不知被誰牽了走。

衛星定位。小孫子等不到電話，直回螢幕衛星定位，發現光源，小孫子甫挪滑鼠，觀音痣霎然消失螢幕，網頁無法顯示，斷線。

小孫子嚇得眼睛發愣，蘇菲亞說：「老闆娘消失了！」

水涼阿嬷，水涼阿嬷去了一個沒有訊號的所在。

●歡迎來到「自己人」。

「自己人」，水涼阿嬤小粉紅恍惚中轉進閩式牌樓，先蹲在水溝旁「自己人」門牌邊海嘔一番，吐完直說要尋人。她分不清養老院、安養院、養護中心有所差別？牽著車院內四處走晃，姿態也像她多年前替兒子在臺南市買屋看房，詫異著院內造景如此刻意，前來問話的醫護人員說訪客得登記、說我們這裡不提供單車客休息與打氣。水涼阿嬤聲音挺客氣：「我是來看我尾叔。但是我不知道他的名字，我頭家要往生了，他是阮頭家的小弟，我來通知伊，庄腳人攏要這樣。」醫護人員慈濟師姊裝扮，對著水涼阿嬤作揖，直說阿彌陀佛。且遙指沿著山上鄉出產的蘭花所搭起的籬笆牆，過人造楠西鄉假梅嶺，涉曾文溪水，穿過七股鄉模型鹽山與鹽田，會看的興農農藥店，上面擺滿全無蟲害斑點的玉井鄉芒果，唯一有人的是物理治療中心，還有彷佛提款機般提款鄉愁的小土地公廟，蓋在迴廊幽深處，幽深不見底。「你要見的人都在那裡，視聽中心就在那裡。」師姊踮著腳尖，對空比畫，天機。

水涼阿嬤來到異世界，大驚奇，心底生出熟悉感，這是牽亡歌路線？水涼阿嬤依稀又聽見三壇法師祭出鈴聲，循聲線所到之處，這回真到了「枉死城」：兩百坪大，視聽中心。

「尾叔喔！我是水涼，我來看您囉。」空谷回音，水氣重。

千萬張臉孔同時回頭，表情鈣化如千萬面墳碑，跟著三壇法師鈴聲所到之處、處處都有尾叔。水涼阿嬤見壓壓人群，痴痴望著電視，偶爾才揮動歇在膝蓋骨上的大頭蠅。說著：「哪會這呢多人！」。兩百輛輪椅擋住兩百坪的路，空氣中有水氣，水涼阿嬤鼻濕濕，忙著賠不是，穿過去，她低頭尋人，嚇得、哎呦一聲！

「阿肇伯，我以為你搬家了，原來你住在這裡喔！」水涼阿嬤兩手撐起阿肇伯頹喪的頭，轉身這頭，「哎呦！你也是喔，李老師，我以為你退休後是住在臺南兒子家。原來你在這裡喔！」水涼阿嬤逐一辨認，「蘇媽媽、李大哥、蛤仔嬸婆，你們都在這裡喔！」「夭壽喔！」水涼阿嬤跌坐地，「五姨婆！五姨婆！我以為妳死了！攏沒置聯絡，原來妳還活著喔。」不能言語，水涼阿嬤穿梭其中，視聽中心的老人們兀自沉默，從內臟嘆出長長的氣，嘆成一條若有煙的長河。水涼阿嬤破河而過。

吃力站起，水涼阿嬤也嘆氣，全身像從七股濕地爬起。長年貧血的她，趕緊握住張輪椅，一看竟是尾叔，海嚎：「尾叔，是你！我是水涼啦，水涼啦。你大嫂啦……」尾叔頭顱呈懸掛狀，水涼阿嬤單腳跪地，右手撐住尾叔的輪椅，海嚎。「尾叔，我是水涼，我是來告訴你，你大哥他快要壞去了……」

逼逼逼。

醫護人員前來通報，說拖吊大隊要拖走水涼阿嬤壓紅線的小粉紅，逼逼逼。水涼阿嬤必須立即告別，心中切記：「千萬不能說再見。報喪不能說再見。」她踉蹌抛下「自己人」，也有生離死別的感覺，有下次見面的機會嗎？拖吊大隊逼逼大響，纏著她的搖鈴聲，低迴耳岸，水涼阿嬤一離開枉死城，頭暈好大半，趕緊路邊檳榔攤買一瓶水，喝。逼逼逼讓她牽著小粉紅，再循著搖鈴聲，既哭且撞，爬回人間。

「就快要死了。」這一刻，水涼阿嬤變得相當鎮定，認出回家這段路，省道。車品即人品，這次出車，她耽擱了一次醫院的回診、兩趟膝蓋骨的復健，日夜腦海想的，無不是做足心理準備辦喪事，她車速極穩，她忽然不想趕了，從「自己人」退出，心中震撼就要壓垮她。

「一定會等的。」她非常的肯定，車身相當平穩。

水涼阿嬤對孩子非常抱歉，婚姻出錯，誓言不讓他們過沒有父親的生活，她也不會說謊，逢人問，她便答：「他去環島，他愛臺灣，比愛我還要多。」幸好子女極出色，各自成家，生活全沒問題，搶著要接她過去同住，都說：「我們不會原諒那個人的。」水涼阿嬤不忍，留下來，照顧「那個人」。蘇菲亞來了之後，她利用多出來的時間，研究有機蔬菜，帶領村媽媽帶動唱，國小放學就去當導護婆婆，她還想去補日語，說以前學的都忘了，如果此生有機會，一定要環島走走，她也想看看，讀冊阿公看過的。讀冊阿公繞臺灣一周，征服無數高山，躲過天災人禍，愛過各種女人，寫了幾首詩。晚年回官田，陪她身邊，卻還是這個平埔族，「尚郎」牽手。但讀冊阿公還是只會說：「逼逼要帶我去環遊世界、遊山玩水。」

逼逼，是的，水涼阿嬤被生活逼著往前走。

小粉紅停省道旁，警察鐵馬站，檢查車胎，臺南的藍天不輸墾丁，警察驚呼她身體真硬朗。水涼阿嬤不忌諱：「我是出來報喪的。雖然我頭家還沒死。安怎，我很瘋蚼！」繼續上路，小粉紅騎上快速道路，新黑的柏油路面和藍天和她的小粉紅，水涼阿嬤棕紅色鏡片內的世界全是熱騰騰，新生活。

她就要返回故鄉、轉來故鄉了。路旁數百公尺的土芒果樹，掉滿地，水涼阿嬤停車，徒手剝芒果，吃掉一顆，精神加倍，熟悉的水圳大水聲轟隆隆，水涼阿嬤回來了，她看見熱情的黃絲帶、黃絲帶、黃絲帶！熟悉的菱田，活靈活氣，一身子毛病全好了，她頭，完全不暈了。

●

六月三十日。小孫子從前都天亮才睡，這回他和蘇菲亞漏夜清空客廳，挪出皮革沙發、酒櫥和復健器材，（要辦喪事了？）讀冊阿公精神大振，嚷著要逼逼。臺詞三年不變，逼逼要帶我環遊世界、遊山玩水。小孫子推輪椅，八九點好陽光，蘇菲亞後頭撐黑傘，陣仗像移靈。讀冊阿公，好得不像個要死的人。滿口逼逼逼，引來多年不見的鄰居側目說：出來曬太陽喔！說：好命喔，孫子陪出來散步。蘇菲亞不時按摩讀冊阿公肩頸穴位，以掌心試探體溫。「沒問題的。」小孫子人字拖甩路邊，赤腳行走，蘇菲亞亦跟進，用極流利的國語說：「阿公，我們腳踏實地，一起環遊世界喔！」「逼逼。」讀冊阿公說。

公學校，讀冊阿公回到他讀過的公學校，還得見日本神社遺址，小孫子擊掌兩聲，說阿公日本到了，日本到囉。倉促成軍，三人初抵日本，又下飛東南亞。行經產業道路，路樹旁鐵皮小吃店，上有塗鴉：迫害。蘇菲亞說：「阿公，越南到了！越南小吃店到了！」讀冊阿公依舊忘我，逼逼，環視小孫子手指所到之處，逼逼。輪椅走民宅騎樓，怕紫外線毒陽曬，喘口氣，恰巧碰到客廳在看大聯盟，洋基賽事，小孫子蹲在輪椅前，說阿公紐約到了！「你看！臺南市的建民在投球！」讀冊阿公逼逼聲漸漸微弱，蘇菲亞跳腳，要快回家！讀冊阿公一聽，又逼逼作響。小孫子摘下黑框眼鏡，擦眼淚。「阿公我們不要環遊世界了，不要逼

了，不要逼我了，阿嬤要回來了。」不聽，小孫子急著找電話，蘇菲亞見阿公眼神哀悽，反撥下眼瞼，催速推回家。行過惠安宮廟埕，廟埕紅白藍布帆搭好三大落，等待鬼門開普渡，蘇菲亞硬是開出一條活路，略過媽祖的要讓阿公塵歸塵、土歸土。

相遇得到。

讀冊阿公的世界之旅，鬼門開之前竟先碰到瘋子。小孫子、蘇菲亞看見超酷炫的水涼阿嬤人車立在他們眼前，終於回來了！大喊著阿嬤！車頭把手懸掛一禮盒，（還有時間買伴手禮？）小孫子猜想，壽衣？拉寬背景，媽祖廟身與不斷燒出黑煙的大金爐，兩頭陳水扁時代送的石獅，面有難色。廟埕上空依然是千萬黃絲帶飄逸，拍出浪打聲。水涼阿嬤棕紅墨鏡不願摘，看上去，她更像是個外地人。

小孫子破涕為笑：「阿公我們現在到了外太空！你看！前方有個外星人！」

水涼阿嬤再度站成一隻臺灣水雉，極氣派：「我轉來啊。你有好沒？你擱袂逼我嗎？你逼我啊？你安怎不逼我了？你不是說我是肖郎，我真的起肖，趁你死前，騎著腳踏車四處去玩了，安怎？有肖沒？」讀冊阿公眼睛微張，在廟埕上，蘇菲亞說：「阿公體溫又上升了。」水涼阿嬤腦海全是五十年的婚姻故事，她幾乎沒辦法止住淚水，離鄉出走繞一圈，人，還沒死，水涼阿嬤已開始練習做準備。陽光折射紅藍白帆布，他們一家人身上沾染各種色彩，讀冊阿公兩片唇緊合，小孫子說：「阿公好像又要逼了，他要說話了！」水涼阿嬤站二尺遠，給出架子，撐著布帆鐵架，快要虛脫，她看著讀冊阿公專注的神情，悠悠想起：「這是他寫詩的表情。」圍觀群眾築起一圈牆，牆上若有小鬼攀在上，等著、等著。

天響大雷，群眾皆張嘴摀耳。

讀冊阿公忽然說：「多謝五十年的妳。」

多謝五十年的妳。像詩。

水涼阿嬤卸下護目鏡，眼紅腫。走向讀冊阿公，彎下身，拿出單車便利包裡頭的半瓶水：「這是我在龍喉舀的水。你少年時袸攏說，龍喉水治百病。」水涼阿嬤以手沾水，輕撫過讀冊阿公兩片緊閉的唇。「希望你的胃口可以開，出門也才能有體力。不然你一隻腳，我怕你路難走。我怕你路難走。」

大慟。

蘇菲亞撐住讀冊阿公的頭：「老闆娘，老闆體溫一直降，體溫一直降。」

小孫子接過輪椅，逆人群，往家急奔。

圍觀人群都聽見了？

讀冊阿公浪跡天涯。病後，新學會的語言，學來告訴水涼阿嬤，一定是的，這是寫給水涼阿嬤的詩：「多謝五十年的妳。」

●

七月一日，讀冊阿公是條太新的鬼。鬼月不宜出殯，水涼阿嬤決心讓讀冊阿公停棺一個月。

水涼阿嬤和蘇菲亞坐路邊、喪棚下，折蓮花，蘇菲亞也跟著臺灣習俗穿黑衣，水涼阿嬤都記在心。同款紅藍白帆布，讓水涼阿嬤錯覺和廟埕、和她出佳里鎮時看到的是同一座。這一刻，且聽耳邊不斷傳來搖鈴聲，牽亡歌從她離了娘家便不停唱著，七千元，她花得很甘願。夏日，空氣中有花香味，議員鄉代送來新摘的香水百合沿路排。小孫子和一票搭機返國的孫輩們跪繞棺旁，三壇法師說要帶亡靈到西方去見佛祖。龍角聲傳來，滿地子女都在找不負責任的阿爸、找花心勃勃的阿公，問他為什麼，為什麼，為什麼。

水涼阿嬷燒掉一只蓮花，對著蘇菲亞說：「讓妳老闆腳踏蓮花，去環遊世界，去西方極樂世界。」她且喚蘇菲亞到她的房間拿出平時裁縫的針線，並到衣櫃裁一方布。戴上老花眼鏡，水涼阿嬷金黃絲線穿過大頭銀針，刺過紅綢布。蘇菲亞就著牽亡歌哭唱聲、搖鈴聲，不解：「老闆娘，妳在做什麼？」水涼阿嬷不搭軋地說：「已經沒有人會逼我了。」站起身，出喪棚，走看花圈花籃，望向住家遠方高鐵基塔，最西，日落處。

「那裡有大片紫大片紫的菱田，上面停了三四艘小舟，我以為我們還會一起等待收成。」水涼阿嬷說。

她背著喪宅、背著子子孫孫，倚身停在棚外的小粉紅：「蘇菲亞，我打算幫妳老闆繡一張訃聞，我要用手，一針一線刺給他。然後蓋在他的棺木上，讓他知道，他有這麼多子子孫孫。讓他知道，他的一生，是我幫他寫下最後一筆。」

蘇菲亞問道：「老闆娘，老闆外面的女人，也要刺上去嗎？」

水涼阿嬤完全沒有思考：「當然，他去過臺灣每個所在，遇過的人，包括妳，蘇菲亞，不分國家，不分先來後到，士農工商，都要寫在訃聞上面。這是他的人生。」

●

停棺。

水涼阿嬤鎮日埋頭刺繡與助念，手指刺出十來個洞，蘇菲亞忙著幫她消毒貼OK繃。小孫子著黑色棉質短袖，端晚飯要給好些天沒吃的水涼阿嬤填腹，水涼阿嬤說：「不曉得你阿公能吃了沒？一隻腳，要搶也搶不贏別人。」

小孫子放下碗飯，拿出DV，錄影：「阿嬤，妳還記得那天在惠安宮，蘇菲亞把香倒插，跟媽祖婆下戰帖的事嗎？」

鏡頭內，水涼阿嬤點頭。

小孫子記者口吻：「妳覺得妳贏了嗎？」

「沒輸沒贏。」鏡頭內的水涼阿嬤，素顏。

小孫子持DV，帶水涼阿嬤穿過靈堂到後院，月光灑落，指著有機菜園說：「阿公那天的大便，就是埋在這裡，阿嬤，我們要在這裡種很多花紀念阿公。」

水涼阿嬤說：「好。花開的時袸，就當作伊轉來啦。伊是花園內的人。」

長鏡頭，花園，小孫子在有機菜園內，發現一隻螢火蟲，亮了又滅，蛙鳴與白花花路燈。

「阿嬤，我要如何跟未來的小孩，介紹阿公呢？」小孫子給水涼阿嬤特寫。

「像我一樣，走出去，學他四界去流浪，你就可以認識他，認識這塊土地。」

「妳覺得阿公對不起妳嗎？阿嬤。」水涼阿嬤在畫面右側，左邊是讀冊阿公身前居住的組合屋。

水涼阿嬤說：「沒有。但從那天起，我常常想到伊，心肝頭有足深足深的感覺。」

「什麼感覺？」

水涼阿嬤說：「遺憾。」

逼逼逼，DV電力耗盡，逼逼。小孫子關機，錄影中斷，水涼阿嬤面無表情地走出鏡頭之外。鬼月後，她將開始退休生活，七十五歲，水涼阿嬤說：「在我還能動之前，都不算晚。」

本文獲第五屆林榮三文學獎小說首獎

入選九歌《九十八年小說選》

聽不到

「為什麼火葬場訊號這麼差？我都聽不到。」

「因為鬼多。」我說：「鬼多，磁場亂，人和人之間也互相干擾。」

●

那時，我從 Levis 牛仔褲口袋掏出 Sony Ericsson K800i，那隻鈦黑色澤，極時尚矩狀款型，冷光小螢幕不斷播來魔術密碼，我伸直了手，將它擺在手心，任它無聲震動。從手心到心臟，再從心臟直襲我的大腦。腦子忽然一陣酥麻，小離，我大四那年交的女朋友陳小離推了我一把說：「大頭，手機手機，你有聽到嗎？」我說：「妳看，這動作像不像在放生。」小離眉頭一皺，什麼也不說，旋即把我的手機接了過去。

我直直走向遠方停車場，人間背景陡然放大，沒有回頭我也知道，一二三四號窯口都等著一口棺，家屬陣容以三號往生者最浩大，二號往生者是個老太太，遺照還是舊時代那種手工畫，四號我看得比較清楚，是個小男孩，棺木卻也沒比較小，應該是他爸爸和他媽媽吧，唉……哭得好慘。然後我記得，阿公的棺木，是送進去第五號窯口，向南。

●

去年鬼門關後、農曆八月初一，我和小離從成大包了臺計程車要趕回善化，是那天早上，省道旁療養院的主任打電話給我說：「請問是張問龍先生的家屬嗎？」大概是被電話那頭的質問嚇到，我愣了好久，電話便被睡在身旁的小離接了過去。她跳下床，瘦小軀體讓我突然心中生起環抱住她的念頭。小離乾脆，她說：「大頭，我陪你回去。」記得趕赴善化的省道上，永康新市路段旁，緊鄰著縱貫鐵路，每掃過一列，我全身便抖動一次，求救眼神像過去每個夜晚對著小離說：「我不會，對不起、我不會。」

車進善化大路，運將大哥說：「帥哥，要彎跟我說。」我望著老街老鄰老字號，心裡騷動如手機無聲震動，南科改變了善化，然這裡卻像未出土的小村，一點變化也無，像是昨天，大家也都還在這裡。我說：「頭前路口停就好了。我家就在三合院叢林前。」

門口已經圍了十來個人。七嬸婆看見了我就說：「大頭仔你轉來喔，阿恁老爸是有轉來沒？這呢突然，恁阿公說走就走啦……」小離說我大概聾了，很快地從人縫中走進掛著黃金色澤簾幕的大門，留她在外面交涉，並且自我介紹。小離說：「那些嬸婆們都說阿公很貼心，知道要選好日子，鬼門關後才走。」小離甚至幫我答謝了七嬸婆，說在我們趕回來之前，麻煩她發落大小事了。

然後我才知道，靈堂裡頭竟然這麼熱鬧。

阿忠葬儀社整個 team 都來了，有打著赤膊的男人在架設靈位，幾個架著長梯子在掛布帆。消失的沙發酒櫥鞋櫃骨董牌桌讓整個客廳空出一大片來，我彷彿又看見大家在這裡控訴、爭執，在歡笑稀薄而酒味總是太濃烈的客廳裡頭埋怨，而現在，我回來這裡了。善化老家那面牆，發黃色澤像張得了肝病的臉，也是，我阿公就是肝不好。我在阿公的大體旁跪了下來。阿忠團隊無視於就躺在一旁往生被覆蓋住的我阿公，全心全意、忙著鋪張；全心全意只為了阿公一個人，阿公獨享。葬儀社的團長跟我說（應該就是阿忠吧？）：「你大孫夠？跟我出來，這個碗你捧著。」阿忠將黃金簾幕捲起來，馬路外天光陽光眼光頓時湊了近來，阿忠對著壓壓人群發問：「甘有查某耶？查某去跪在先人的旁邊準備喔。」準備？小離，小離在我反應未及之時便兀自走進靈堂，跪了下來。腳路總也不好、這幾年吃遍了南部七縣市大小名醫密醫的藥，步伐卻比我阿公還差的七嬸婆跌撞而來說：「大頭，你女朋友真識事喔，還沒進門，也知道我們鄉下禮數。」然後真的變老的老鄰居李媽媽插話：「乾脆百日之內就可以結婚了，不然還要等到對年。」我捧著瓷碗，聽不到，望向跪在阿公身旁的小離，我想起她為了我犧牲大好前程，延畢，且離家與我同居，只為了我這無能無力，亦不明白是否愛她的男朋友，如今，她竟然跪下。

阿忠對我比畫，要我摔碗，我點頭，隨即重重落地。

哭出聲喔！金銀財寶才會滿大廳喔……

瓷碗碎裂聲，牽引人語，窸窣窸窣。靈堂內小離哭聲，隨到，七嬸婆說：「大頭的七仔真的很懂人情世事，還知道要哭兩三聲意思一下。」七嬸婆亦且念且嚎，她們老一輩，講感情，啼啼唱唱。我馬上跟著跪在小離的身旁說：「阿公去了。不食人間煙火了。」我還頻頻說：「謝謝妳，謝謝妳小離。」道歉口吻，我們是離家出走的小孩，巨大故事迎面而來，我感覺肩膀一時沉重。阿忠拍拍我的背說：「你阿公之前都交代好了，剩下我來處理就好。」

●

小離一定知道，她跪的並不是我的阿公，且也明白這是具對我爸來說，一點意義都沒有的遺體。如果我爸在臺灣會說：「直接送去燒一燒啊。」小姑比較慷慨：「我去接洽，看看能不能送進去高雄的公墓。」而我那利嘴離婚的媽，則會邀請她那群助念隊伍回來誦個幾回合。總之，他們都有意見，像是昨天，大家都還在這裡，動手大罵，吵得阿嬤悲不可抑，吵進了睡夢中，讓她心肌梗塞而死。

那時，我和小離不停將手上的紙錢丟進白鐵臉盆。火光中，她一張、我一張。可能死亡離我們太近，忽然害怕一氧化碳中毒，我下意識捲起黃金簾幕，讓聲音流了進來，雖然如此，我還是覺得好靜。七嬸婆在門外和阿忠葬儀社的兄弟們會議後事的細節，她在人間，不時往客廳這頭丟句：「大頭啊！要記得一直念阿彌陀佛，說要跟著菩薩去喔！」我聽見了（？）隨即說：「阿公你要跟著觀世音菩薩媽祖婆王爺公清水祖師玄天上帝去喔。」那時，小離忽然「啊」了一聲：「大頭，你的手機拿來。」她一手拿著她的 Sony Ericsson T700 黑銀光面機身，映照出她略顯中性的打扮，黑衣牛仔褲，喪服；一手緊握我的手機，十指跳躍操弄著，幾分鐘後：「大頭！往生咒下載好了！可以播給阿公聽了！」我說：「用手機聽往生咒？」小離在變魔術，包包掏出輓聯白色調耳機線，說：「阿公重聽，乾脆戴耳機聽好了。」我起身將阿公的往生被緩緩掀開，見了阿公的妝容心頭頓時揪了一下，我跟小離說：「我阿公都沒變，妳看這麼老，還這樣帥氣！去療養院住那麼久，竟然都沒瘦。」阿公整身靛藍色壽衣，明明是個現代人卻穿得跟清朝官服一個樣，我忽然猜：「阿公大概不願意這樣前朝遺民姿態上路吧？」我一手按住阿公頭頂那寬鬆的官帽怕脫落了下來，一手細心地將耳機塞進阿公的左耳，頭一次，滑了出來。我說、阿公，聽這個才能見菩薩喔！還是滑了出來，原來耳骨已經硬了，略出力，再試一次，說、阿公聽這個才能回到故鄉高雄喔！又滑了出來。我像是哄著孩童服藥般哄著斷氣多時的阿公，慣性地與小離對望一眼，發現她許是看傻的眼神，晾著燃燒的紙錢，靜靜望著我，七孀婆亦靠門邊，抿著嘴唇，好像在哭。我沉了一口氣，我說：「阿。公。乖。要聽這個，才可以跟阿嬤見面喔……」

竟然塞進去了。

●

七嬸婆指揮搭設藍白布帆的工人的聲頭真正大，老鄉們並不忌諱地湊在新喪騎樓下幫我們回憶阿公的往事，她們多麼像撰寫身後記事的小兵小卒們來到當年將軍的門前朗誦斯人已杳的頌嘆，而我因為常常忘記，竟也認真聽了起來。

「我們高雄大哥也是可憐啦，我五嫂死以後，他整個人都失神去了。有魂沒體喔。」（阿公有聽到嗎？）

我在靈堂內像翻譯官跟小離說，五嫂就是我阿嬤，我家大排行共七個叔公嬸婆，有個更好記的方法是從二〇〇〇年開始，一年走一個，僅存的那一個目前在外面大小聲，還有，這七個大小妯娌她們的夫婿至少都比她們先往生二十年，哀！老村裡的人都說一定是祖墳吃子孫，不倒房就男丁不旺，總之，我阿嬤當年可是很好死。都說老人追求好死，阿嬤就是那種睡著睡著就去了那一款人……

「彼當時阮五嫂也是很勇敢，決定要跟高雄大哥逗陣啦。我們這群大姆小嬸，死尪的，只有阮五嫂有和別的查甫做伙，阮五嫂真有叫勢喔。」（阿公戴耳機，他聽的見嗎？）

我阿嬤死尪之後的第五年，從高雄獨身還來的阿公抵達善化，落腳生根，無家產，常被以為是原住民，他一身健康黑，壽衣穿起來好挺拔。當時我爸他們都正值青春年齡，每每回到家碰上了這大塊頭的男人即便心情正好的也全給黯淡下來，來自我父親口中的這大塊頭男人大概只想找個人作伴，純粹把我家當作巢，這大塊男人是候鳥，選在冷如極地的我家過冬。好幾年前，大家都還在善化，父親總趁著阿公阿嬤老人會出遊而空出的日子，便會搬出卡拉ＯＫ夜夜笙歌的像是過節狂歡一番，既歌且醉，唱到落下男兒淚。我爸說阿公來我家白吃白喝搞得我阿嬤還要四處借錢過日子，他算是什麼啊？硍！他的錢都嘛存存寄回去高雄，怪了，那裡也沒子女，親戚斷光光，給誰？「我老母實在是頭殼裝屎！」而我小姑，唉！失婚結婚離婚，憂鬱症至今還沒好，都說自閉，窩在房間不見人，想到我阿公跟我阿嬤睡在一起飯都吃不下，這些年雲遊四處，朝聖拜佛。我跟小離說：「他們兄妹的命運，硬生生被改寫了。」小離紅潤臉色，眼光相當篤定對我說：「我懂。我有聽到你想表達的。你聽到了嗎？」

「兒子女兒都不是高雄大哥的啦，我五嫂『磨仔心』，很為難。但是他兩個感情嘛是趣味啦……我們高雄大哥實在人真好啦。」（往生咒是不是已經帶著阿公渡過二仁溪到了茄定興達港了呢？）

我大概是生來討債的吧，我媽都說：「早知道生顆蛋吃了就好。」說得好像沒有生蛋給我一樣（？），從小我只認阿公阿嬤的床，上放學只給阿公那臺環島用偉士牌專送，我爸耳提面命過幾百萬次說：「叫伯公叫叔公都好，就是不准叫阿公。」誰鳥他們？我從國小一年級就整天阿公長阿公短，叫得滿屋子阿公聲響，我爸和我媽也認了，搬至臺南市，聽不到最好。其實我阿公和我阿嬤感情極好，從前我總以為我阿嬤也許是很怕阿公一輩子不明白她的處境，都八十多歲了還常說：「你有沒有聽懂我說什麼啊，高雄來的？」現在我願意把她聽成一種情話，像小離對我說：「大頭，你有聽到我說的嗎？」阿嬤命也差，在我爸和小姑眼中，她是他們人生挫敗的幫兇。唉，我阿嬤其實除了我阿公以外，跟她兩個孩子也不熟。

「所以阿公跟阿嬤比較像朋友。就像我們啊……」小離那時這樣跟我說。

「對啊，我們真是好朋友。」

「那為什麼沒回來啊？聽說阮五嫂那兩個攏離婚啦，裡面那個少年家就是他們兒子……但是……」（阿公已經安穩踏上高雄的土地了吧？）

後來，我跟小離說了一件事，小時候，阿公最喜歡抱著我去農藥店西藥房跟人家聊天，逢人就說：「這是阮孫啦。」只是我阿公有個全家人都害怕的習慣，客人都說是因為他早年曾經疝氣什麼的，總之，他常常不自主的摸摸他的褲襠，客人來的時候他連聲招呼，然後一手不忘扶著他的下體，我媽媽曾經以極恐怖的語氣跟我形容說：「你阿公的大小腸子都會跑到蛋蛋旁邊去，所以他那裡才會不舒服。」是的，被阿公抱著四處炫耀的我坐在他的大腿上，聆聽老鄉叔公伯公和他的異鄉對話，其實他們語言並無障礙，言談甚且歡心，啃麻豆瓜子吃北港土豆喝魚池鄉紅茶一個下午，彼此分享當年當日本軍伕的心情，同種人。阿公去了海南島叔公伯公在南洋，長大後我才知道，他們一直就是同國的。

然後，阿公抱著我呵呵大笑，不自覺地，就摸起了我的褲襠，對著在座的每雙眼睛，在他人生所到之處，搓揉著我小小的蛋蛋。

我想起和小離在一起的每個夜晚，當她撒嬌口氣要我抱緊一點，我極盡能力地將手緩緩靠近棉被的暗處，學著親吻、撫摸著，並且褪去彼此衣物，她且熱情朝向我來，那時，我常常想起小時候阿公撫摸我小雞雞時，滿足笑笑的神情。

●

紙錢不能斷，阿公才能腳踏蓮花隨著菩薩到西方。（阿公家在南方。）

小離速度加快了起來，火勢噴高，差點燒到她俐落短髮，我彷彿看見她忍在眼角的淚。在阿公的遺體之前，我告訴她，像孩子做錯事般求她原諒：「對不起，我不會、我什麼都不會。」小離幾乎不抬頭，我說小離、小離。

七嬸婆探頭進來問：「大頭，要去買柴，你要去嗎？代表恁老爸。」

我說：「嬸婆妳決定就好啦，我又不懂，而且阿公有交代給阿忠了。」七嬸婆說：「第七年囉，每冬攏去交關一副柴，我看我先幫我撿一副⋯⋯」

七嬸婆喃喃自語離了靈堂離了騎樓，越來越小，堂內，靜靜地，我與小離隔火對望。

一時，我那放著往生咒的手機震動了起來，震得像阿公在草蓆下嗡嗡出聲，震得阿公的往生被耳岸邊畫出一圈漣漪，我速速將阿公往生被掀開，如揭曉最大獎品，並慌亂將塞在阿公左耳的白耳機抽了起來……

瞬間流出一行血，直直地滴在草蓆上。

我啊了一聲，看了來電顯示，轉擴音，（怕聽不到？）是的，強勢的手機，我不聽：「大頭，我聽我們師姊說，那個高雄人作仙了，過幾天，我會帶這邊的姊妹去助念，錢是你在處理的嗎？大頭，馬米在說話，葬儀社說會全包，細節你就不用擔心，你有沒有在聽？助念的錢就從恁阿公留下來的扣好了，恁阿公不是都把他的印章存摺交代給你了，恁阿公最疼你啦，他剩下的都給你了，你就好好存起來，不然哪天高雄殺過來幾個兒子說要跟你搶，你就整碗去了了，你辛苦一點，多體諒，簡單就好。」不知身在何方的母親密切掌握婆家善化的訊息，她鴉鴉嗓子好吵，我不知道她在哪裡，父親在哪裡？小姑呢？阿嬤呢？正如同阿公此行將去之處，他們全都不在了，獨留我。

小離說：「大頭，我還在這裡。」

我頹喪低著頭，大頭對著我褲襠內的小頭。

●

出靈堂，我牽著小離穿過已搭好的喪棚，循我記憶中的小巷開始漫遊在善化邊境的三合院叢林，我字句清楚地告訴小離：「善化這幾年變化頗大，但我家這一帶，被保護得很好。小時候我們玩捉迷藏，都躲進別人家的神龕下，看見鄰居的神主牌或者滿牆壁的祖宗畫像，一點都不怕。」三合院遺址，時間廢墟，我重返荒屋欲重建與小離的新故鄉，安心的故鄉。我盡可能地訴說我的全部：紛爭的日子、疾病史、家族史，再帶著小離去認識那些早已死去卻在我心中存活的朋友們：他們是我無血系有血系的嬸婆阿姨或者三叔公張媽媽，他們現在都住進依山傍海可以眺望臺灣汙水河川靈骨塔，或埋在名義上示範公墓其實是自家廢耕果園的小土堆裡，這些大多無人居住或者拆掉蓋起樓仔厝的屋身，已經辨別不出當年人身出沒的情景，更別奢想那建醮流水席大紅桌的日子。我小心指認每條護龍，並且念唱高雄阿公的善化故事給小離聽。人間遊戲，阿公在這善化三合院叢林中過著餘生，他微駝身子，步伐快，類似萬年前臺南左鎮人。他總在我跟丟而失去方位之時，躲進兩間三合院陷落的小巷痛哭了起來，那條窄巷巷壁伸出如生殖器衰敗時期的抽油煙孔，向下彎，他立於其下，吸油煙。非國語臺灣話原住民語，他使用我們之間的獨有語言說：「我懂你阿嬤、我懂你老爸老母你姑姑。」彼時國小的我，聽到了，穿著運動服掀起小小衣袖擦了擦他的眼淚，阿公嗚咽著說：「阿公不管在高雄不管在善化，終其尾都只有一個人啊……恁阿爸阿姑攏不聽我說話。」又說：「大頭，阿公有天帶你去高雄興達港玩。」

語畢，他蹲下，看看抽油煙管，再褪去我的運動小褲，他帶著剛落淚的雙眼，鮮明目光，輕撫著新故鄉。

阿公的世界沒有民生民族路名，打善化三合院叢林出身的硬漢俠女們辨別方位亦只依在地感情，我帶著小離行穎川堂隴西堂，過清水宮太子廟和興農農藥與西藥房，然後走過剛營業卻總在晚上八點便熄燈的便利商店，這裡過往全是宮廟，阿公也常常來這裡湊熱鬧，他會手扶小轎坐駕一尊小神偶的在深夜問起明牌，入夜返家怕吵醒了阿嬤而睡在院埕涼椅上。那時，阿公曾經牽著我小手，依然經三合院叢林走捷徑去上課，他且跟老師說：「這是我的乖孫。」他簽我的聯絡簿、去我的家長座談會，跟路上剛買著年年春有機肥料的自耕農們說：「我孫子從小到大都第一名。」是的，他與這裡的每個人都一樣，廟會時候會穿著宮中制服，以神之名為鄉民消災解厄；他也會在頸間披條濕透的毛巾戴著繡著小廟宮名的廉價網帽，在人群中在炮聲煙火中，如赴戰、如與小鬼惡煞過招。我滔滔不絕地說著，步履中全是故事，我把小離拋後頭，她不在我的故事之中，聽不到，她與我穿越黑磚牆、土角厝、有機菜園，看見無人上香而歪躺在地上的那老金爐，阿公當時總抱起我，插香。我自顧自在叢林間打轉，忘了小離不是這裡的人，她聽不到，在地底最深處的回音，小離說：「大頭，你聽！」南下高雄的復興號在稻田之上、遠方高鐵之下，疾行而過。讓我想起阿嬤也曾經牽著我的手沿路不語地帶我來到叢林最深之處，我們先去拜拜，她要我喝一口沾有香灰的靈水順手拿兩張黃符，隨後步伐亦極緩地一同走在阿公常常帶我走的路，我們經過裹著紅布的樹王公，又來到那不知屋主是誰的三合院窄巷，戴斗笠的阿嬤偷偷掉淚，反覆說著她的青春、她的決定，她跟我說：「大頭，我懂你爸爸和你姑姑，我懂。但是他們不願意聽我說。」然後，她站在排油煙管下問我：「是這裡嗎？」她蹲下，在我的運動小褲前，燒掉她求來的兩張符。

小離肯定告訴我：「鄉下比都市複雜。」

我說：「對我而言，不管在哪裡，有人在，渴望簡單，是一件非常難的事。」

「我懂。」小離點頭，給我信心。

「我只是覺得，我是不是比較難愛人？」

手機又響，訊號零格。小離握著我的手機在天空中比畫，尋找致癌電磁波最好的一方。

我說：「別接了，這裡不會有訊號的。」

我還說：「叢林之中住著許多老死的人，不分時間先後順序，他們是最在地的鬼。」小離問：「為什麼，這裡訊號這麼差？」

我隨意指著一間空屋說：「走！你聽！裡面很多人在說話！」

我走在小時玩伴張美惠她家門前，張美惠她阿嬤前幾年死了，死沒人知那種，好幾天才被發現，跟棄屍案很像；黑卒他阿公看到人都說嘿幹，他好親切的，去年也走了，他好幾個孝順的女兒請來了十臺電子琴，哭得整座三合院叢林哀傷得難以掩門，沒有掩門的比如長腳叔叔，他多年前娶了大陸新娘席開百桌喔，熱熱鬧鬧他哪管別人說越南的比較好，我還有回去參加婚禮，現在卻下落不明。還有阿亮他阿公也走了，據說死前還去跟我們鄉內唯一的道士說要舉辦大型法會，說最好可以治療百病好上路，他那上海的兒子只是把他運送到鄰近火葬場的殯儀館，什麼都沒辦就推進去了，孫子都沒有回來；我小時候最喜歡的朱仔阿婆，她長得很像烏龍茶上面的開喜婆婆，三年前過世喪禮排場浩大，所謂喜喪正是如此，舞龍舞獅都來了，好吵，她家世代作官的啊。賓仔阿伯是民國八十二年死掉，他老婆是時常和我阿嬤參加老人會的鳳仙阿嬤，也死了，他家現在租給外地人開民宿走巴里島風味，我看來看去壂丁還比較美一點。不只他們，當年喊水會結凍的三劍客阿宗阿輝跟明月啊在媽祖面前結拜一場，曾是我們三合院叢林的巡守員，抓過偷摘酪梨的小偷和救過跳大橋尋死的外籍勞工艾達……我無法抑止的悲傷湧上：「聽見了嗎？這是我的。阿公的。阿嬤的。」「小離，他們都去哪裡了？」我還說：「小離，他們都不在了，全都消失了，妳知道嗎？他們的死訊我都沒有錯過，他們出殯的大小細節我都知道，我很想知道後來大家都去哪裡了？為什麼我爸我媽不回來呢？這不是我們的家嗎？他們為什麼不好好聽我說呢？我好多想說的……阿公阿嬤一定不是故意的啊，他們是那麼地孤單……」

●

阿公棺木推進火窯那一刻，我覺得我的心臟就快要裂去，小離把我抱得好緊，火葬場混雜的聲響與撩亂的磁場惹得我頭暈。那時我沒有掉眼淚，小離卻一直哭。我聽見她說：「大頭，我們回家了。」我站不起來，跪在火葬場的水泥地上合掌良久，跪阿公。

我起身拿起阿公的招魂幡，小離，這個和我家無關的女孩，捧著阿公的照片，腳步沉重地走在我後頭。我將引路幡轉手交給葬儀社工人，放在 Levis 牛仔褲口袋裡的手機震動了起來，我伸手去掏，半天拿不出來，我的心中有個區塊在騷動，手機震動著我的牛仔褲，震動著我的褲襠我的褲襠我的褲襠。

我遂把 Sony Ericsson K800i 擺在手心對著小離說：「這動作，像不像在放生我的手機。」我直直走了出去，電話被小離接走，守喪如此家常，她是專屬於我與阿公、無血緣無地緣關係的孫媳婦，我的女朋友，我決定與她，重建一座安心的故鄉。

「大頭，你爸打電話來，說今天晚上臺南市家族聚會。要除除穢氣。聽見了嗎？大頭，沒關係了。我們只是朋友。就像阿公和阿嬤。」

●

便會是一個回家的夜晚。在無法張燈的阿公房內，這次，我輕輕吻了小離，小離亦緩緩偎進我的胸膛，我小心翼翼地將手伸進她的衫領之下，「可以的。」小離說。

Levis 牛仔褲內的手機又震動了，小離抓了我的手說不要接，說：「讓它震久一點。」手機震動我的褲襠也震動了小離，她的心跳也震動著我的心跳，我們都感覺到心的疼痛，淚水湧在眼眶，小離離了我嘴唇說：「大頭，你覺得是誰打的呢？」

我褪去小離上衣，吻了她那淡淡香氣的頸，我說：「一定是我阿公，因為從前他在大家面前摸我的時候，就是這種溫暖的感覺，那時我會聽到善化叢林內的笑聲，不間斷地，讓我好安心……」

隨即，沉入深海。小離問我：「大頭，你聽見了嗎？」

我親吻小離那私密的叢林，說：「有，好溫暖。好多人都回來了，故鄉，好溫暖。」

本文獲第十七屆南瀛文學獎短篇小說首獎

唱歌乎你聽

大暑，我趴在阿公的病床旁讀我的《蘋果日報》，七月半毒陽惹得507號房的空調火氣大，我起身，喝口車前草橄欖根調配出的味丹青草茶，盼望阿公的氣能消一點，要不，血壓飆高傷口裂開又要子子孫孫南北跑斷腿。窗外，臺中直腸中港路，兩點多車少，客運拖吊車也就飆很快，我望著忽然有點便意，青草茶助退火也促進腸胃機能，想著阿公的腸子要是同我能無限暢達地排泄該有多好，或，阿公可以不再「一條腸子通肛門」的只愛大伯一家而不愛我們的，其實就阿彌陀佛，我眼也無神說：「聽講中港路要改名為臺灣大道。」復吞一口退火茶，

「阿公，你有歡喜沒？」「沒。轉來轉去，攏轉沒。」直坐床上的阿公抱著我剛從燦坤買來的小型收音機在找尋他的電臺，魔術天線，越抽越長。他也不顧食指中指全是針頭地便在滾輪上滑呀滑，收不到訊號，唰唰唰，間隙有時傳來女人空靈歌聲或字正腔圓的新聞播報，若遠若近，唰唰唰，一些聲音的碎片，我把它撿起來聽。「阿公，可能醫院收訊不好啦，你的電臺是幾號？」「無災啦，我黑白轉，逐次攏轉有。」阿公把收音機靠耳邊，彷彿，瀝青色網狀音箱裡頭一定會有他的電臺。靜謐病房，我把他的聲音撿起來。「不然，電臺節目叫蝦米？」阿公停止了動作，篤定地說：「唱歌乎你聽。」

●

我阿公迷上聽廣播是在二〇〇〇年，那個春夏之交，他心愛的黨剛取得政權，五十多年的牽手，我阿嬤，我看過最正的老阿婆卻選擇離他而去，從前他們連拿好幾屆模範夫妻，本還約要跟老人福利會一起搭遊覽車南下總統老家，卻「神也沒想到」蒼蠅似的就在沙鹿鎮上新買的透天厝辦起喪事，那幾天我阿公都偷偷跑回龍井的家，念國中的我和他感情最好，坐上他的鈴木陪他從山下登高回老厝，彼時他都不敢到店仔口或民意代表服務處，怕太多問候，他不要，過下午兩點就在神明廳沉思呆坐聽 radio，放我在有最高品質冷氣機的小房間睡午覺，那是姑姑買回來要給他和阿嬤吹的。於是後來每當我想起，那盛大陽光、木槿樹芙蓉樹花開的三合院，鈴木機車緩緩慢慢停進了有鐵牛車、和堆滿比我還高尚未拆封過的紙箱子的鐵倉庫——阿公汗衫赤腳的身形，總是戴著他的黨帽——是的，那時候他的心事，也許就是電臺傳來的那幾首歌，陪伴他的，大概就是空中相會的那些朋友。二〇〇八，他七十八歲，他的黨失去了政權，一個原以為是痔瘡出血的醫院單人旅行，扯出糞便帶血且大便困難等症狀，大腸胃鏡照出離肛門五十七公分處，腫瘤，是的，大腸癌。消息傳至島內外，臺北當教務主任的大女兒取消會議直奔高鐵，進病房就開口說等不及接駁車，小黃一攔就奔抵榮總了，很像在懺悔、像妥協。她第二，搶到頭香的是我。當年留在臺中念書除了對未來本無名目大志之外，還想著可以就近照顧很少人想理且就住在龍井的阿公，電話是我大伯語音留言給我的，我大姑都戲稱他妻奴，是的，我見識過時任銀行主任大伯母的手腕，數過千萬鈔票都不一樣，好靈活。當年阿嬤還沒出殯，她就邊折蓮花邊嚷嚷說：「阿爸接下來要誰照顧才好？我們大頭學校這邊是沒時間啦，要不，講明看送去養老院好不好？大房二房一起分擔，大姑仔，反正妳也離婚了，早前阿母私底下也不知道給妳多少，我看，妳也要同濟出！」我把她的聲音撿起來，看見阿公二郎腿坐在從客廳搬至騎樓下的沙發抽菸，不知道怎麼反應的他竟然問那臺北某科技大學系主任的大伯：「大頭，恁某的意思，你覺得怎樣？」大伯說：「真好啊，阿爸歡喜就好。」我那檳榔攤攤主阿爸也說：「真好啊。」母親和大姑默默又折好了一朵蓮花，大伯母說：「對啊，阿爸，聽講咱庄內很多個都在大甲那間，你去免驚無伴啦。」我記得，是我脫口而出一句話：「阿公明明可以自己生活啊。」阿公看了我一眼，大概覺得我救了他。阿嬤過世那年，我堂哥都在溫哥華，說沒飛機，我清楚，阿公疼愛他們勝過於我，總說：「你要像你美國的哥哥啊！」我說：「阿公，是在加拿大！而且，他們是因為成績太差，靠的是錢。」阿公說：「上次講到電話，攏英文，有厲害！」我說：「阿公，他們故意的！他們不會說臺語！」接著我發瘋似的說：「那叫他們回來照顧你啊！反正他們都最好，我爸就是無路用，你大小心這麼嚴重難怪我爸怨嘆你到底誰在你身邊啊……」醫院住一年，白天，本國看護，晚上我。我爸現在是清水鎮「臺灣滋味」檳榔攤攤主，我去找他都從榮總門口搭巨業客運，或騎車飆一段在地人才懂的小路，拿錢。我媽現在都在走廟宇，四界幫人家助念當仙姑，有回她到醫院說：「她們這群助念姊妹，都很有義氣……」我怕她說錯話，趕緊扯開話題。他們這群子女都很少來理我阿公，好忙，從前模範父親模範夫妻，逢人便說孫子在美國，兒子很有成就，媳婦更是女強人的我阿公，總是忘了，忘了還有我以及臺灣滋味攤主與當仙姑的媽，大概他老人家愛面子。沒關係，我把聲音撿起來聽。唰唰唰唰唰唰，我說：「阿公，越來越清楚喔！」阿公把玩玩具似的細心搜索著他的電臺，為了找到最好的訊號，收音機已經顛倒了過來。

「各位聽眾朋友大家好，歡迎轉來咱『唱歌乎你聽』節目當中，我是美雲啊……」

「美雲啊！」我阿公激動地在病房內呼叫著美雲啊，腸胃蠕動一時活絡了起來。美雲啊很快就消失了，雜訊干擾，流行歌曲、整點新聞、路況播報、英語教學……然美雲很快又回來了：「你好，咱叨位？」

「美雲喔，我梧棲高速公路下的鄭船長啦！」

阿公把收音機舉到半空中說：「鄭船長，鄭船長上次他唱那首陳一郎的行船人的純情曲，我知道。」鄭船長還沒開口，又跟著美雲一起消失在空氣中，唰唰唰唰……

我再喝一口青草茶，阿公，「你上次聽電臺是什麼時袸？」

他答覆：「一年前。」

「一年前，很久了ㄋㄟ。」

阿公說：「有影真久，說不定美雲啊，以為我死了。」

●

我把阿公攙扶起來坐床沿，近十年的電臺經驗如土石流般滾滾而來，零災情，全是阿公的心情。他說日日下午兩點坐大廳，要不，埕上擺張姑姑買給他的涼椅坐著聽，無線電話放手邊，以便隨時 **call in**。阿公說聽眾朋友，三色人五色話，但是真趣味，他無聊也跟著鬧參落去。他還說每成功打通一次電話，禮數照步來，通通問候一遍，誰也不能漏掉。他特地對著我說：「美雲好廖媽媽好東勢的黑肚仔好梧棲頂草湳的陳理事長好干城的蘇麗君小姐好還有小梁哥哥賢伉儷好大家攏好苑裡第一分局附近的曹太太大家好……」

他們是誰呢？霎時，我被一海票人名搞得滿頭問號。我終於明白，阿公就是在這裡學壞的，從前他好溫柔還會四處當志工掃地，誰知道，都快八十了才在青春叛逆期。

他鄭重向我介紹，住沙鹿沙田路上的廖媽媽的頭家也剛死，早前不常上線，後來以退休之名，其實被裁員在家照顧小女兒的雙胞胎，因為稀微，遂點歌，或高歌唱乎孫聽，在電臺都被美雲尊稱是「小江蕙」，可不是，那首臺灣國歌〈家後〉，廖媽媽唱到搥心肝，我阿公說他也聽得目屎滾滾流。阿公還說：「趣味的不只這樣喔。」眼睛張好大，類甲狀腺亢奮。「我有時候會跟美雲合唱海波浪，key 摸半天，整條害了了。」我想到，腸子整條害了了。廖媽媽的兒子在清水開補習班，賺很大，就開在那個三民路口，黃金地段。我說：「離阮阿爸的檳榔攤一個轉角而已喔。」耳背，臭耳聾。阿公說：「我攏不敢講，廖媽媽說一群七逃仔攏置補習班附近走跳，摩托車哀哀叫，真吵！那工，我就歹勢打電話進去。」我說：「阿公！你攏大小心，阮阿爸讀沒冊，但是他做人成功啊。」依然熱，大暑。我喝下最後一口退火甘泉，繼續阿公的電臺心情：陳理事長真愛唱陳雷的歌，人真阿沙力，說賺這麼多錢他全部都分給女兒，兒子沒喔。我補了句：「那也要看媳婦是不是會計較？」陳理事長有個孫子跟我同年，說現在是臺大電機系的，我阿公嘴巴念著「臺大」的時候，我都聽成「呆呆」，而他最羨慕小梁哥哥賢伉儷，用我的話說就是「好閃」，夫妻都情歌對唱，左右開弓，老公唱主key，老婆就合聲，要不，兩人來首〈妳是我心目中的嫦娥〉「哼。」阿公說。中秋月都還沒圓，聽了會感覺孤單，說他跟阿嬤本也約好老了就是四處玩，還希望在老家養一窩雞鴨，植有機蔬菜，夢想蓋個可以停好幾臺休旅車的院子，他補充特別是我大伯那臺Lexus，以及金孫在美國都開車，也要留位置。我糾正阿公說是加拿大，而且問阿公：「阮阿爸的車位哩？」他說：「恁老爸顧一攤檳榔，比我少年還沒出息。」他和阿嬤日本時代很會寫詩歌，想不到我爸卻連高職攏沒畢業。

我急著轉移視聽：「那曹太太呢，她做什麼的？」曹太太他兒子都去考警專，說工作才有保障。阿公精神好的，我可以感覺他全身的癌細胞都羞愧得躲了起來，一個精神百倍的病人，有何懼？蘇麗君小姐三十出頭歲就跟著阮這群老伙仔唱老歌，在中港路賣太陽餅，說她都邊聽邊吃餅，去年聽的時候說要開始減肥，尚起早有一個南投魚池的賴太太，足愛點黃乙玲的歌，有時唱、有時乎美雲唱，唱煞，說她有癌在身上。後來就沒再打進來，美雲在節目說，賴太太死了，哭得。雖是如此，大家依然會忘我地說賴太太好喔！好像賴太太沒死……

一切真好。有死沒死攏無人災。阿公說：「找人做伴，唱歌就有人聽。死無人災。」我問阿公：「你攏說別人，啊你的電臺故事哩？」他說電臺上上下下都喚他一聲阿公，不愛唱就愛電話打通之後跟美雲天花亂墜地聊，四海聽眾都知道有個博士兒子和媳婦，以及據說一百八的金孫在外國，後來每每電話一進，美雲說：「尚好命的阿公，今天要點什麼歌？」阿公無歌，遂下家族採歌。比如他會說〈情字這條路〉是我阿嬷每逢婚宴尾牙時的主打歌；又每每聽到詹雅雯〈今年一定會好過〉，阿公就說要送給咱大中部的士農工商，尤其是龍井沙鹿的鄉親們，但他其實最常對著話筒，面對中臺灣無數雙耳朵，失去東南西北地尋找聽眾，娓娓道來他年近八十的大小事、他和阿嬤的戀情、家族史。唯獨一次開金口，陳明章那首〈伊是咱的寶貝〉惹得電臺上下都大合唱了起來，說他當年牽手護臺灣也站穩了一隻腳，是的，他愛以歌相贈，卻從沒我爸媽的分。我說：「阿公，你有介紹我沒？」阿公停頓了一下，他說：「有。」便讓我想起一次王爺廟大拜拜，他和阿嬤手牽手上舞臺唱了〈雙人枕頭〉，臺下我們一口灶，加上大姑奮力舉手作搖擺狀，還聲嘶力竭地喊安可，那是多年前，大伯他們都沒回來。

阿公手環抱著收音機，孩子樣貌，求說到外面也許有訊號，我遂攙扶著阿公坐上輪椅順便出去透透氣，戴上阿扁總統競選帽，上書「年輕臺灣，活力政府」。再順手將青草茶寶特瓶丟進回收箱，電梯口碰見大姑來探，手捧甜度極高拉拉山水梨，以及一禮盒西北印度櫻桃，三人連車帶椅去了門口旁花園廣場，暫時逃離癌病房，一通電話從榮總急診室對岸葬儀社打來，穿梭陰陽界，是老媽，說她剛幫一往生者助念完，等等要跟我爸來看看。

大姑站阿公身後，幫他做輕度按摩提神，舒緩淋巴，亂說著她要請調回龍井當校長，屆時可以就近照顧，阿公依然孩子個性沒在聽，卻要大姑一起找「唱歌乎你聽」，我大姑止不住地說著，說她離婚害阿爸村裡歹做人、做老師真失敗滔滔不停。阿公持續搜索信號，瞇瞇眼，不見大姑早已成了離婚主任，又一人漂流臺中城，迷航，與塔臺失聯。阿公坐不住地環視身旁也坐輪椅、鼻插管、吊點滴或穿醫院消毒病衣、且早已分不出年紀的男男女女，要不垂頭昏睡、要不痴愣望向遠方，他們身旁皆是外國人，防曬徹底，全身包得像要去陳情。阿公偷偷問：「這麼黑？哪一國？」我說：「有大陸印尼越南菲律賓，阿公你甘有需要？」我且笑說：「阿公，菲律賓講英文，你也可以學，下次跟外國孫交流一下？」唰唰唰唰唰的忽有女鬼聲，（美雲來了？）牽引我們一路從東南亞回抵臺中榮總。高樓基地臺多，或許隔著馬路便是火葬場，磁場太混亂，外頭訊號其實更差。我遠遠望見我媽揮動著手走了過來，我爸浪蕩樣跟後頭，後頭又跟混混兩三個，看上去極像傳說中海線出品的七逃仔。唰唰唰，訊號完全癱瘓。阿公誰也不理地吵著大家一起幫他轉電臺，氣喘、臉漲紅。大姑輕拍阿公嶙峋的背，全家在醫院門口總動員。阿公說主持人是美雲啦，臺語ㄟ啦。會唱歌、賣藥、算八字、看日子，還會介紹食譜。我們不敢怠慢，各自拿著手機，也不知美雲究竟「聲在何處」地去收音，像野生動物專家穿梭在中海拔闊葉針葉林，持天線尋覓臺灣藍腹鷴與臺灣帝雉的蹤跡，耳邊，救護車聲嗡嗡嗡不停。我爸和那群一臉深夜沉迷於網路遊戲和色情片，遂眼窩一潭黑的小跟班們也蹲著開始採集，等待頻道連接。我媽動作極滑稽，掌握手機，對天比畫，像在噴殺蟲劑。我們偷偷在盛大陽光下，共享一次大暑天光，天光涼如水，彷彿又來到東南亞，你聽！三兩個外傭走過我們眼前。「這裡，有話都說不清……」雖是如此，我肯定，一定找得到阿公的心情。

●

啊！有啊！

阿公耳尖，聽到有人喊有啊，直說誰有啊？我爸說：「我有啊！阿爸問著甘是這臺？」他小跑步到阿公輪椅腳前，蹲著，擴音，遞上他找到的訊號，如朝貢。

「剛剛美雲介紹的這味藥，是美國牌子，掛保證、顧胃腸、便消化。我們大臺中勞動界的朋友平時打拚為家庭，卻不注意自身健康問題……大甲指定藥房就在蔣公路附近，報我美雲的名……」主持人美雲是菸嗓子，那聲調，彷若咽喉有帶血絲。

阿公說：「對啦！這臺啦！藥賣完，就要call in唱歌啦！」

「美雲好、大臺中的朋友大家好！我是蘇麗君啦！還有廖媽媽、黑肚仔、陳理事長、小梁哥哥、曹太太李媽媽以及尚好命的阿公大家好！」

我媽說：「阿爸！他在跟你問好ㄋㄟ！」蘇麗君獻唱了一首〈期待再相會〉，說她就要到大陸工作，上班時間特地偷打進來say good bye，隨後打進去的是阿公最羨慕的小梁哥哥，小梁哥哥唱了一首名為〈牽阮的手〉要獻給親愛的老婆，說祝她早日康復，歌聲略帶哽咽。阿公嘀咕：「一年沒聽，也不知道是生了什麼病？」大姑出聲：「阿爸，你要不要上去跟他們開講一下！」阿公先是拒絕說好久沒打了不好意思，就當作死了也好，我說阿公你這樣是「惡意遺棄」，忽然我心裡想，阿公大概也覺得阿嬤是惡意遺棄。「好，」阿公說：「好，來打一下。」接著默念出魔術密碼，小混混手腳快，十指靈活，全家忙著發送阿公到最愛的電臺，電話轉再轉，終於待線……

「來，咱繼續來接電話，咱叨一位？」

「美雲喔！我是阿公啦！廖媽媽、黑肚仔、陳理事長、蘇麗君小姐、小梁哥哥賢伉儷、曹太太賴太太吳太太李媽媽謝太太大家好久不見，大家好……」

「阿公喔！有影真久ㄋㄟ，是都在忙殺毀？」

「去開刀啦！大腸癌，忙在做化療……無聊想大家，轉半天攏轉無，剛剛阮兒子轉到了，足清楚喔！」

「阿公，歹勢啦！阮電臺這陣子攏乎奇奇怪怪的電臺『蓋臺』啦，可能是阿陸仔電臺，阿公，你真好命啦！兒子甘是臺北那個做系主任的？還撥工轉電臺乎你聽，真孝順，知道阮這群朋友攏足思念你。」美雲真會說話。說得我爸臉當場垮，窩進去跟小混混們哈菸，我真好奇，阿公怎麼說：「對啦！臺北今仔日放假啦，全家帶來榮總這邊看我啦！」美雲說：「美國金孫也回來了喔？真好！你一定會好起來的啦！你等一下，電話滿線，可能是四海朋友急著跟你打招呼……」

「阿公，我是鄭船長啦！好久沒聽到你的聲音了ㄋㄟ，還有阿公身邊的系主任你好，還有美國耶，Hello！我是 Mr. 鄭！大家好！」美雲搭腔：「阿公！難得回臺灣，美國金孫，說幾句話啦。系主任也說一下啦！」我非常清楚阿公臉上那笑，是認真的。大姑姑丟了眼神給我，那眼神，讓我把電話接了過去，阿公竟順勢把手中的話筒放了。「Hello，美雲姊姊，我是 SCOTT 史考特，謝謝美雲姊姊，以及各位聽眾朋友這麼照顧我阿公。」「唉呦、好會說話，說叫我姊姊啦！史考特你國語說得很好ㄋㄟ！」「我臺灣人，我臺語說得更好啦！」鄭船長插話說：「我女兒說也要去美國讀書，到時候你照顧一下啦！」美雲說：「美國，這呢大，是怎麼照顧啦！你阿公逐次打電話進來都稱讚你說真有出頭，有影！真有禮貌啦！對啦，剛剛謝太太說在忙著要幫女兒填志願，不然請系主任跟大家說一下話，好無？阿公以前都說讀私立的無路用啦！」我轉頭，我爸已經不見人影了，他都聽見了吧？忽然我媽那擅長折蓮花的手伸了出來，我趕緊將電話遞給她，那句「讀私立的無路用」還在腦中打轉，我的心中有個地方在崩毀。她接過說：「美雲喔，我是阿公的媳婦啦！臺北那個銀行主任啦！我先生不好意思在公共場合說這個啦，但是我是認為不要以為國立攏好啦，有些老字號的私立大學是比很多國立的好啦！」美雲拍拍手說：「阿公的媳婦，這番話說得真好啊！謝太太可以參考參考！」我媽其實也急，說我大姑、阿公的女兒也在這邊，她是國中主任可以跟大家說說話。美雲字句清楚地說：「疑？阿公、什麼時候也有個女兒啊？不是說，女兒很小就分給別人了，還是回來認祖歸宗了……」

我不敢看大姑。電話給阿公，他昂著頭，好神氣，清了清喉嚨說：「美雲喔！我要回病房了啦！下回再打進來啦！」美雲說：「不然，阿公你點一首歌啦！下次、不知道什麼時候了！喔，烏鴉嘴！你一定會好的！」鄭船長說：「不然，我幫你唱一首〈爸爸親像山〉代替你那害羞的系主任兒子感謝你啦！」阿公說：「好啦，歡喜歡喜。」

歡喜歡喜。爸爸親像山、阿公親像山。

大暑，日長。大姑推著阿公，我與母親跟著穿過冰冷走廊，阿公睡了（假的？），恰好與出電梯的主治醫師錯身，我們魚貫進入，大姑捺下電梯數字鍵，上樓，我偷偷看了電梯玻璃鏡內她的面容，好訝異她竟然沒有哭。我媽食指擺在嘴唇前，比畫1，說：「噓！」我知道，黯然想著：「我們都這麼近了，還是有話說不清。」

那晚，阿公說有睏意，早入睡，留盞燈，沉默病房。我俯視他的臉，心裡頭全是問號，阿公開心嗎？他這些年在電臺羅織了這麼多故事，假的？我們不值得他高歌？還是，我們的歌對他而言：吵鬧？俗氣？迷信？可阿公，你不是最道地了？活在你口述之中的臺北、美國，對你來說，到底是什麼？

忽然他張眼。

我跳開說：「嚇我！」他復閉眼，給我一抹笑，繼續睡，作夢？阿公，你的心情到底是什麼？

●

也許是真的，有那麼一次，那時阿公一定康復了，我騎著大姑買給我的野狼傳奇R150，欲奔向父親的臺灣滋味，依陽光熱度，判斷約莫是三點，趕緊換掉搖滾系「槍與玫瑰」，轉到美雲節目去聽臺灣滋味的臺灣歌。一定是假的，車輛稀疏的港阜路，頭頂便是高速公路，無人煙，見得不遠處臺中淤積港貨櫃層層疊入雲端，與更遠處高美濕地的風車齊高，我回神，專注前方，在油門加速中進入電臺世界，菸嗓子美雲在說話。

「各位聽眾朋友大家好，歡迎又擱置空中相會，剛剛謝媽媽真趣味，唱了〈墓仔埔也敢去〉，真正是足熱情，親像外面的天氣，咱現在繼續接電話，你好，唱歌乎你聽，我是美雲啊！」

「美雲好！廖媽媽好、東勢的黑肚仔好、陳理事長好、干城的蘇麗君小姐好、還有小梁哥哥賢伉儷好、苑裡的曹太太好、破病的好、收不到的好、孤單稀微的好、死某死尪的好、自己一個人住的好、吃藥的好、顧孫的好、水果收成不好的好、腳痛開刀的好……糖尿病高血壓的好、洗腎的好、得癌的好、兒子輪流照顧的好、我是阿公啦。」美雲道：「阿公！你身體有卡好沒？」

我的車速更快，想像自己也騎成梧棲的一陣海風，恍惚中，把聲音聽進心裡。阿公說：「我今天剛化療，但是心情真好，阮女兒考到校長了！」美雲說：「阿公，兒子是主任、女兒又是校長，真有才情！」

車熄火，摘下安全帽，臺灣滋味，三兩個混混臺客蹲姿勢在攤前，我縱身進入類干欄式建築，架高的小鐵皮屋，號誌燈轉啊轉，屋下，隨意丟棄的臺灣維士比與被雨洗過的鋁箔包；屋上，拉開二手三萬塊冰箱，牛飲味丹青草茶，一直盜汗，我的雙耳在充血。我聽見阿公說：「我今天不是點歌，是袂唱歌乎阮孫啦，不是美國那個喔，是臺灣這個啦！」美雲說：「唉呦，阿公，什麼時候，還有一個臺灣孫啊，是袂唱什麼歌？」阿公說：「我這個病，馬馬虎虎啦，人說、久病床前無孝子，好家在我有孝孫，他平常攏跟人在玩吉他，雖然讀私立的，但是也很會唱歌，你們有流行歌沒？」美雲說：「有啦！什麼歌攏有，你有心情，我就有歌。」「我點一首、民國七十八年左右的歌，名是，〈如果還有明天〉。演唱者號做薛岳，應該是外省耶。」美雲說：「阿公你！這條歌唱不上去啦！」

接著，阿公彷彿對著大臺中平原，千萬隻雙耳說：「阿孫喔，如果還可以有明天，阿公要跟你說，阿公有你照顧，足歡喜啦。真感謝你啦……謝謝你啦。」

我跨上野狼，離開臺灣滋味，車行至臺中港，摀住雙耳，聆聽所有蒐集而來的聲音。有，有海風，裡面還有阿公的歌，唱的是我們家大大小小，總也說不清的心情。

本文獲第十一屆中縣文學獎洪醒夫小說首獎

有鬼

0

蘇惟絃第一次見到堂妹小鬼是在祖父的葬禮，陰陽過渡地帶，人鬼交雜，還有嗩吶樂隊聲當襯底，擺明吵死人。這是她長到十八歲第一次回臺南麻豆老家，兩小時前，她才隨母親烏日搭高鐵直直往南，蘇家大喪之日，母女如跑場藝人歸來，上臺演一場人倫劇，戲唱完就走。她們母女倆還活真像鬼，沒人聞問，也沒人叫她們跪叫她們哭。母親阿桂說：「卡緊來走！有轉來就好。」離開前。她鬼裡鬼氣地問家祭時並排一塊的堂妹小鬼說：「我們算是蘇家人嗎？」小鬼說：「鬼才知道！」

三十六歲的蘇惟紘站在慈澤宮仰頭望天終於看懂，謎底到底還是當年那個小鬼揭曉，果真鬼才知道。

1

西屯路上的慈澤宮前停滿摩托車，這是棟民國六十年代的三層樓房，客廳當神壇用。宮裡主祀地藏王菩薩。走進去，壇內壁面漆色剝落，上了層土黃煙漬，摸上去總是黏的。不張燈的壇內，惟菩薩前縈繞的香片氣息給出外人一點人味，這裡專解柴米油鹽夫妻失和與風水敗壞之事。慈澤宮常常擠滿這亂世階層中各種失意與歡欣的人，蘇惟紘往年在學校總跟同學說：「我們宮真的很像網路聊天室耶！我常吃飯到一半就有人哭著衝進來，見鬼了，明明是在求菩薩的。可怕的是，他們每個人的故事都跟電視演一樣，很精采。」是的，有故事的人。慈澤宮神桌後的菩薩被煙燻了十多年，香火鼎盛，靈氣十足。蘇惟紘在學校卻說：「我家拜的是黑面菩薩，不過需要美白。」蘇惟絃很愛說笑。

壇內常常有一清瘦女子襲白上衣白長褲，赤腳，每個昏曉儀式般為菩薩換上新茶新素果。她是蘇惟絃的母親，阿桂，臺南麻豆女子。阿桂最常對菩薩說：「明年我們就回去，麻豆才是咱的厝。」這支票開得大，兌現遙遙無期。怕是菩薩也看破，打從她帶著菩薩與蘇惟絃逃出蘇家已過二十來年，連菩薩也老了。漸漸，阿桂與菩薩合力在臺中西屯打出名號，其實可以是家了。每周二開壇問事自己當乩身，她跟菩薩一體為人除病看前途，偶爾還得下地獄去尋人，惟絃則在一旁待命，天生小桌頭，桌齡從國小三年級算起。現在她二十六歲，是個白天在國稅局上班，晚上回家吃飯睡覺偶爾跟朋友聚會的單身女子，心情差的時候就上部落格寫寫心事，部落格叫做：「有故事的人」，網路人氣也不差，最喜歡上網下標買東西，結識虛擬網友卻從不相認。擁有無數個帳號與密碼，MSN狀態上最常放自己的側臉自拍照，好友名單三大頁。蘇惟絃過著套公式的生活，遊蕩在這城市西屯海域，沒人會指認出她，說穿是個沒有風格的人。她長得像小一號的蕭亞軒，瞇瞇小眼，阿桂總說：「小眼睛看不到什麼鬼。」也是，從來沒聽過她有什麼打算，沒什麼抱負理想與遠見，就打算不婚賴在母親身旁當一輩子的桌頭彷佛也是美德，蘇惟絃常被來宮裡的婦人擾著作媒，說「再不嫁，阿絃就要當廟婆了。」

蘇惟絃其實沒在聽，選擇性的聽見與看見是她的任性，也是她的不安全感。是的，蘇惟絃與母親阿桂，永遠結伴的異鄉人，她們是家族暴力中逃出的災民，還有菩薩當靠山。

慈澤宮的阿桂是文乩，沒在操五寶，宮裡興，來的人必定也雜，但紅包總是厚如一本字典，阿桂常推辭說：「菩薩不需要這麼多啦！」可信徒眼神篤定地擊垮她，看她一如活菩薩。好比中科一位羅伯特主管說的：「我們夫妻倆作試管嬰兒會成功，都是菩薩指點的好日子，這間宮就像是救了我們夫妻的新家，菩薩是我們未來小孩的契母啊！」又或是後巷尾的老崔，拿著一疊中國新娘沙龍照片，看不出遠近年代，或者站在江南水邊人家，有垂柳的小橋上看天空雲朵飄過；或者是一張大頭照像從骨灰罈撕下來的鬼，老崔三天兩頭就騎著電動機車停在宮前喊著：「阿桂姊啊！快來幫我找老婆喔。」於是阿桂將三十來張大陸女子照片鋪在神桌上，還灑了點香灰，良辰吉時，菩薩特地降駕要為老鄰居敲定婚事，重感情。菩薩選了張雲南李氏女子，老崔很快就飛大陸娶親，千山萬水先回了雲南老家，鬼才知道李氏女子竟是五十年前未及見著長成的兒子的女娃，也就是小孫子，從此沒飛回來。大批人回不去，老崔皆大歡喜陰錯陽差，也降落且生根成了家……但更多的是命運與她相似的女子，大甲的羅菈姊離婚三年，她踏進慈澤宮時，蘇惟紘驚呼以為看到星光大道的評審小玲老師，羅菈姊對音樂也很有品味，會彈鋼琴還會寫歌，半個才女。白天羅菈姊在瑞聯新天地當清潔工打掃十幾層樓，晚上想念寶貝女兒哼著歌，隨時還要防備前夫的追殺；住文心路的江鳴蕙是老公外遇的流浪教師，失業與失婚的雙重打擊讓她精神徹底崩解，她遇到阿桂姊的前一晚才在中港路彰化銀行大樓前徘徊，鬼在叫她。可一個念頭讓她車子往逢甲方向開，她來，引菩薩檀香而來，跪在菩薩桌前，海嚎姿態，整整說了半小時。

阿桂是西屯流浪的菩薩，渡了無家尋家求家的眾生，自己卻沒有家。信徒最愛對她說：「阿桂姊謝謝妳救了我一命啊！」卻不知阿桂的命連菩薩都插手不來。她在慈澤宮前種滿芙蓉小樹還有秋桂，桂花開時便是秋天，每年這時她從麻豆批來老欉文旦擺在宮前販賣，她總說：「阮故鄉麻豆的文旦實在沒地比！」隨手便老練地剝起文旦來，一出手就知是行家，她遞給攤位前的每位客人一片文旦肉說：「六十年老欉的喔！比我還老！甜度真正飽足！」文旦賣得嚇嚇叫，中科羅伯特還訂上百箱要送客戶。她也常跟信徒說：「阮菩薩是麻豆分來的，麻豆是好地理會出人才啦！有空就去麻豆七逃。」兩千年時麻豆女婿陳水扁還真當選了總統，藍天變綠地，阿桂姊對著電視機喃喃念著：「麻豆人出頭天啊……」但她心中最掛念的其實是老家那兩張神主牌。

2

對蘇惟絃來說，出生地麻豆是不存在的。她甚至不當它像臺灣地圖上每個小黑痣般的城鎮（已經夠小了），清清楚楚地給出經緯，而理所當然地把自己看作是個臺中在地人。「我是臺中人，我有臺中腔。」她所知道的故鄉麻豆像是別人的事（像多數資深一點的鄉鎮，有老街戲院與平埔族之類……），但麻豆更像一則傳說，傳說中那是個古老的港口，清朝時期水堀頭船楫相擁，商賈在碼頭上議論貨物的行情；又或是麻豆乃為平埔族四大社豆社古時的根據地（看吧！），開發得早，充滿故事。麻豆的街曲巷弄有古巴洛克式遺風，母親阿桂說當少女的時候常去麻豆街上的戲院看戲，在戲院排隊買票時認識了父親，後來知道他是縣議員家的公子，往後見面都自卑地不敢抬頭看他。麻豆女子，阿桂，後來跟議員之子談了場戀愛，古今戀愛從來像傳說，假假的開始，瀕死般的結束。阿桂讀完高中不久便嫁進蘇家當媳婦，蘇家大氣派地迎娶她，婚宴開百桌，家族院埕擠滿了親朋好友，阿桂母親還打包回家，說：「這麼豐盛！丟掉可惜！」蘇家人心裡竊笑著窮酸，嘴巴卻直說盡量盡量。阿桂嫁進蘇家的每一天都有筵席酒會與鈔票，家勢正火旺。後來阿桂提起這段仍然感激地說：「至少給了我一個家。」

阿桂她輕得像水，還要討好一家族的胃，日子久了，便有人天天盯著她的肚腹看，很快，她意識到，完了，嫁進了鬼屋。好比她那個當議員的公公，選舉季節就吹賄選風，門庭外總有高官出沒，不時會有哭啼的人來陳情求事，阿桂常清理完客廳瓜子殼紹興陳年酒，就又來了一批。公公真是個選舉鬼，造勢場合上鬼話連篇，她也曾經跟著站在臺上，一家人手牽手呼喊凍蒜，面對著王爺廟分貝越夜越激昂。公公還帶著丈夫去走樁腳，父子倆合力在選季開支票，下了臺公公在外找女人過夜，時間一久，女人找到蘇家來，婆婆不擋，阿桂擋，到農會郵局領一筆筆贍養費，阿桂說是遮羞費，只有她對公公作為感到羞恥，只有她在意家族顏面；又每當阿桂看見丈夫跟著公公走相同的路說同樣的話，像聽到所有愛情的謊言，慶幸的是他從不外宿，丈夫常常應酬後醉死在家門前，阿桂開門要扶他進門，丈夫酒瘋發作喊口令：「立正！稍息！我可是議員的兒子！您爸錢尚多！」阿桂被罰站在家門前進不得房間一整夜，她捨不得反抗，反抗只會換來丈夫徹夜的流淚，哭喊著成長無父愛無母愛的寂寞與狼狽，反抗還會被揍，阿桂是菩薩心腸，聽話都是聽進心裡。菩薩心腸如麻豆女子阿桂。她過過穿華麗衣服像少奶奶出去拜票的日子，也結識各庄頭有頭臉的人（鬼才沒頭沒臉），爬出了一點地位；但更多時候她是個鼻頭全灰的笨廚娘，沒廚藝的她走進灶腳自己摸出一桌菜，菜終於端上桌，心裡頭直念阿彌陀佛，可常常煮滿一桌卻沒人吃，家裡總是放空城。她婆婆也是鬼，摸一整夜的牌，賭鬼上身，沒在管還在念書的幾個子女，婆婆不管，阿桂管，拿錢給小叔註冊買衣服愛漂亮。小叔常說：「大嫂！妳人真好！」

當猛鬼出籠，鬼屋第一隻咬她的鬼出現，是阿桂的丈夫，蘇家二兒子，撕咬了阿桂的心。她嫁進蘇家大門後才知道丈夫應該姓廖，當議員的公公是招贅來的，四十多年前協議長子要跟著姓蘇，第二個小孩才回來姓廖，誰知長子十來歲就溺斃在將軍溪，她丈夫這下陷入家族命脈的兩難，到底是遞補成了蘇家人？還是當個永遠廖家鬼？一直到她丈夫死，阿桂不明白，她丈夫也不明白，當鬼當人都難為。過年祭祖時，她隨著婆婆先拜蘇家一門忠烈，再拜神桌旁的小牌位。是的，廖姓祖先。阿桂活在蘇家的每一天都感覺擁擠，除了人多，她總覺得鬼更多。蘇家廖家鬼魂遊蕩在三合院的每個院落，讓她不時頭暈目眩，眼前彷彿常有白影晃過。於是她偷偷在房裡供了一尊菩薩，每天以淚洗面的感覺痛苦，卻說不出所以然，菩薩不知道，鬼才知道。後來，阿桂生下了蘇惟紘，隔天，丈夫死了，活生生死在麻豆往鹽水鎮的紅綠燈路口，說是要去椿腳那邊走晃，車禍。阿桂每次講到這裡早已泣不成聲，摀住雙臉，後來，她離開，帶著蘇惟紘要離開蘇家，還有一尊小菩薩，沒有人阻擋她，當她是個路過的媳婦。對蘇家人而言，她比較像鬼，住在大屋裡頭的女鬼，會煮飯洗衣生小孩；對阿桂而言，她可以做的就是這些，因為離開，才能明白到過何處。她來到蘇家神明廳，想要請走丈夫的牌位，她愣在兩張神主牌前，卻不知道丈夫去了哪裡。猛鬼出籠，阿桂離開蘇家，正是七月初一鬼門開。

蘇惟絃的老家麻豆是活在母親阿桂身體內的鄉愁，每個白天黑夜母親帶著它走，而母親阿桂將異地活成了故鄉，將故鄉塞在生活中每個時間的縫，阿桂窺縫想望南方天光，可縫的對岸彷彿有另一雙眼同時望著她，像鬼瞠目著露出獠牙要將她咬碎。蘇惟絃當時並不明白沒有鄉愁的人是可憐的人，她也不知道自己究竟是誰，來自哪裡，又該往哪走。後來她懂了，誰說的，鬼說的。

蘇惟絃曾經在部落格「有故事的人」發表了篇文章寫道：「在網路走跳的日子，人人都充滿了聲音與表情符號，但，誰能勇敢說出，自己是有故事的人呢？網路只是我們的防衛網，只有在這個空間，我們才能假性自由，下線之後，便跟鬼一樣。」

3

是星期二的夜晚西屯路上，車流成河，燈織成的大路以光線彰顯它的華麗，這燈還包括慈澤宮黃底朱紅字的霓虹看板，閃呀閃，不會錯的，這地方的人總有趨光性。

慈澤宮前依然停滿了車，信徒漸漸來了。來了，超渡大會。

二十六歲的蘇惟絃熟練地在淨香爐上換上新的檀香片，點燃它，讓香味走滿神壇，阿桂坐在神壇前閉目，深吸一口神氣，好香，信徒們立在一旁說。蘇惟絃將整座淨香爐湊進母親的鼻頭，晃了晃，像逗弄著母親，更像在與菩薩嬉戲，這場面她從小看到大，不把菩薩看在眼裡，但看在心裡。阿桂眉頭緩緩褶皺了起來，臉部地形看出她的年齡，蘇惟絃再將金爐湊近，晃呀晃，十多年來的味道恍如一瞬，蘇惟絃也吸了一口，飽滿母女記憶溢滿鼻腔打在腦葉層。但她很快地回到現實，因為下一秒鐘，便又會不同了。

阿桂嗚咽起來。噫——噫——啞——啞……忠實信眾大甲的羅菈姊跟流浪教師江鳴蕙聽聞馬上下跪，直呼著菩薩來囉！菩薩來囉！她們兩個是阿桂的老雇主，西屯的好姊妹。等候在門外的信徒聽見菩薩來了，則合掌猛拜。蘇惟紘看見母親漸漸往神的岸邊走去，遂開始對著門外，向世間彼岸候診的病人呼喊。領頭進來的是彰化北斗的邱媽媽，蘇惟紘像看見親人直呼：「邱媽媽又要問兒子在大陸發展好不好是嗎?!這我就能解啦！好啦！好啦！」邱媽媽先合掌垂直拜了菩薩後便笑著說：「妳這鬼丫頭，邱媽媽的心事都被妳說光了。」蘇惟紘老練的口吻：「邱媽媽就要小心說話，菩薩在，沒鬼的。」是的，母親阿桂不在時，蘇惟紘也能顧大盤，還不用菩薩開口，她會看事情輕重，菩薩在，母親在，她安心。是的，沒鬼的。

於是她接著探頭望向門口，讓下一個有求於菩薩的有緣人走了進來。西屯路上車陣壅塞，暗夜中更能看見瘴煙烏氣噴出一張張白魂，掛在霓虹燈色交織的網，蝙蝠倒立般望向宮內。蘇惟紘這下見到了鬼。

鬼來了，她來了。

一小女子，彷彿飄的進來。蘇惟紘一眼就認出是她，八年前，她們在祖父的葬禮見過，堂妹小鬼。還不及震驚，蘇惟絃先鎮定當她是初打照面的有緣人，心裡頭卻鬼搔了起來，有點慌。堂妹小鬼也看見了她，眼神戚戚。小鬼，菩薩，與蘇惟絃，三個頂點，各據宮內一角。蘇維絃要她和眾弟子一般，要她先跟菩薩上香，隨後領著她來到已經菩薩上身的阿桂身旁，不等小鬼開口，菩薩忽然直指小鬼的右腳娓娓地說：「那邊——有東西喔。」又緩緩背過身去面向大門高聲喊著：「在外面！」壇內頓時陷入一池詭譎，在壇內走跳快十年的江鳴蕙說：「今日的菩薩比較著急喔？」蘇惟絃心頭揪緊了起來。五坪空間內香味竄在每個人身上，蘇惟絃看情勢接話：「菩薩意思是說這位信女她的腳邊有跟著穢物是無？但是那些壞東西在外面不敢進來，甘是？」小鬼還沒開口就見到這般陣仗，看得眼淚一直掉，聽到蘇惟絃這番答詞，直喊著：「菩薩請指引我方向，我實在是過得好痛苦！」一陣耳語窸窸窣窣隨著煙浪彌漫在室，菩薩緩行坐在問事用的太師椅上，笑了笑：「我，知道妳。咱有緣。」蘇惟絃心頭一驚，想著沒錯啊，當年這尊小菩薩就是母親從蘇家帶出來的，算上去的確是有緣。

「弟子是想要請問菩薩嬤，阮老爸今年年初車禍過往，我厝內三個查甫子攏是歹死，加上現今阮媽媽有憂鬱症，我實在足煩惱她隨時會想不開，厝內阿公欠真多錢，阮阿公卡早是在做議員的。他的柱仔腳三不五時找上門。」

蘇惟絃這才注意到堂妹小鬼一身 T-shirt 牛仔褲，帆布鞋戴網帽，平凡女學生，只是小鬼頭壓低低，眼睛藏在帽沿下，現實早已將她壓得不成形。蘇惟絃多年來反覆聽母親提起的傳說，現在，傳說在當事人的口中，主角走到了菩薩面前，開口向她證明，那個地方，故鄉麻豆，是活生生的存在。蘇惟絃她還聽見連結自己生命的關鍵詞，她的父親，車禍往生的查甫子，來不及看她長大的爸爸。

蘇惟絃心裡頓時一沉，覺得錯亂極了。從來母親長期活在麻豆的記憶，那裡彷彿有最好的陽光、最甘醇的水。蘇惟絃想著，母親會知道，她正插手在蘇家的一件大事嗎？她看了眼母親，明白了，傳說走進了慈澤宮，蘇家歷史已經寫到了她們母女來，假假的，發言權換給了蘇惟絃，生命忽然從西屯向島嶼南方畫出長線，與麻豆相連，蘇惟絃覺得不真實，她甚至以為可以編造接下來的一切，終究是沒人會知道的事，是的，要向傳說走下去呢？還是走往現實。鬼才知道。

小鬼止不住淚水地訴說著，一個二十來歲的小女孩跪倒在菩薩腳前，像哀求更像懺悔。江鳴蕙雙手往小鬼的腋下上托，扶起她，用衣袖去拭小鬼的淚。跟她說：「菩薩會幫妳解決。」

蘇惟絃腦袋陷入一片白，恍惚中聽見菩薩開了口。蘇惟絃知道，菩薩要渡小鬼一程。

「恁厝內有很多嬰靈，可憐啊，好多個，現在都跟在妳的腳邊，是妳厝內的長輩造的業。現此時，擾亂妳這些後代子孫，孽啊！實在是可惡！」總是輕言細語的菩薩，這般開口氣沉且聲長，不同於以往，彷彿哀憐眼前女子的遭遇，更像切身的痛，渡她，像渡自己。

一旁的江鳴蕙說：「阿妹啊！恁厝內是不是有郎四處拈花惹草，沒給人家負責，黑白生？」小鬼答覆：「應該是阮阿公。」蘇惟絃順口接了話：「菩薩這樣安怎辦?!是不是要渡這些亡靈。」倒像自己家的事，蘇惟絃的口氣聽來是這般急切。菩薩說了句：「有幾個還沒成形，我卡早有看過，實在是……孽啊。」菩薩與那些嬰靈也有緣，怎會不是呢。菩薩續道：「桂花開的時候，一切都會好轉，恁蘇家，是查某人的天下。」小鬼看著眼前的菩薩，早已分不清是該喚一聲伯母的阿桂在說話，抑或是菩薩的指點。小鬼多年來的抑鬱與苦楚，看見菩薩後，彷彿看見了充滿香味的一束光。她跪著跟菩薩叩頭，求菩薩、求伯母、求蘇惟紘。隨後菩薩不語，整整三分鐘。

漸漸地，壇內開始鼓噪，壇內煙如浪淹沒了每個人，像來到了天界，要撥雲才能見個事情透澈。羅菈姊跟江鳴蕙不斷地點香念拜，神情凝重，香倒像安魂的。這還是她們參與宮廟事這麼多年來，最心躁的一場。羅菈姊低身問蘇惟紘：「菩薩現在是安怎？」蘇惟紘語出像天機，煙浪一散：「菩薩艱苦啊……菩薩也是渡眾生，但是誰來渡菩薩啊……」在場的聽了無不淚流滿面，每個信徒都想起了自己的故事。

蘇惟紘接著說：「菩薩可能是想到自己啦，應該是想到自己啦……」她低頭看著母親阿桂，悲傷逼到喉頭來，她真的好想告訴母親：「她們跪著來求妳了。蘇家人來找妳了……」小鬼轉身對著蘇惟紘哭喊著說：「堂姊！我要怎麼辦……救救咱蘇家啊……」這聲堂姊喊得教人難受教菩薩更難受，乩身阿桂忽然渾身一抖往後仰去，江鳴蕙還不及回神去抱住她，阿桂臥躺在地。菩薩走了。壇內信徒們議論紛紛了起來。

與堂妹小鬼重逢的深夜，蘇惟紘在「有故事的人」部落格 po 出了標題為〈鬼來了〉的文章：「母親說如果不是緣分，蘇家人也不會找到這裡來，菩薩要渡有緣人，只是沒想到小叔也過世了，小叔是誰我不清楚，但感覺母親已經做了決定，二十多年我總活在故事的背後，又像活在臺前的人，慈澤宮是我的舞臺，它讓我接近人世間一點，而不像鬼魂遊蕩人間，我想，我已經漸漸明白我是誰。開完壇後，我開車帶著小鬼在市區遊蕩，我聽她說著，一個被家族綑綁的人。我跟她說著，卻鬆垮垮地覺得自己生活的無根與失落。我們都不知道要落腳何處，於是不停在城市打轉，無法撲向任何一盞燈。」

4

慈澤宮前停著一臺休旅車，發動走了，淡淡的黑煙散去，看得見阿桂在門口修剪著桂樹。臺中的夏天不同於臺南的夏天。一星期後的星期二，蘇惟紘開車帶堂妹小鬼要回臺南，小鬼去年大學指考上了外文系還雙主修，現在就住在逢甲夜市地球村美語那一帶，平日放假就在清心茶飲排班打工，賺學費，開學到現在還沒回過家。她說：「我快沒家了。」蘇惟紘雙眼直視前方統聯客運綠色車身，耳邊那句我快沒家了牽動她心裡的一塊肉，蘇惟紘沒有一刻這麼渴求家鄉的故事如同純氧，小鬼來到宮裡的那一晚，徹頭徹尾地將她洗了一番，當小桌頭看遍了家務事，這件，竟有她容身之處。從來沒有故事的她，忽然被寫進了故事，卻已來到了結尾，二十六歲，像六十二歲。悲傷僵硬在她雙手的方向盤，沿著國道一直往南蔓延。車途中，她們談了許多，談到了神桌上的另一塊神主牌。

「我記得阿嬤都先拜蘇家這個，再拜旁邊小桌子上面廖家的，阿嬤說那是阿公帶來的。其實我沒有很清楚。現在都沒人在拜了吧。」小鬼帽不離身，低著頭說著，無法直視世界投來的目光。

「那阿——嬤呢？」蘇惟紘的第一聲阿嬤，嘴巴像是別人的。

「阿嬤去年死了。阿公死後隔一年她中風啊，我媽要上班沒人有時間照顧她，送去給人照顧，錢花超多的，去年死了。姊，妳知道嗎？死亡真像瘟疫。」

姊。蘇惟紘把自己聽進來故事裡面，十多年來以為是別家的戲，輪到她上演了。戲分不輕，要她心頭漸漸受苦，要她掏心用情、還要替自己家除妖改運。小鬼的每一句話現在輕易地就能把蘇惟絃的生命重寫，她開始掉淚，過西螺大橋的時候，她想起與母親的生活，點散在島嶼兩地，其實需要連線。在重遇小鬼之前，她們母子倆只是兩個點；小鬼來了，第三個點，連成一面。傳說由焉繼續發展，她們相互牽連，串起所有瑣碎的篇章，長成不規則三角形。她們漸漸蓋成家族的牆。牆內盈滿蘇家大院內的各張面孔。蘇惟絃想起國小數學題，她要拿起一枝彩色筆，把空心三角給它填滿；牆外無數冤靈攀爬在蘇家這道菩薩捍衛的牆，她看到了選舉鬼賭鬼女鬼，更多的是嬰靈，蘇惟絃拿起黑筆當作硃砂筆將線條畫深，深進麻豆的故土，要擋千萬鬼魂。返鄉之役，她帶著母親阿桂交代的三十來張符咒要來渡亡靈，母親阿桂不同行，阿桂說：「今天拜二，這裡更多人需要我，恁去就好。妳們姊妹去就好。」過往蘇家的大小事就像收費站，她過站不停。現在，彰化平原一路滲透到雲林嘉義，她要轉麻豆交流道下去了，車身緩緩駛在夏天麻豆的土上，小鬼來引路。蘇惟絃第二次回到了家鄉，這次，是真的回來了。

是的，回來。與開始。

多年前祖父葬禮她曾匆匆與母親趕回，沒人要理，當時整個大埕搭起了告別式的會場，蘇家三合院擠滿了人，她只記得吵，只記得像是競選場合鬧哄哄，她還來不及看清楚每個蘇家人的長相，母親阿桂就拉著她要走了。

「卡緊來走！有回來就好。」母親當年這麼說，其實藏了好多委屈，人稱西屯活菩薩的阿桂並非這般不懂禮數，但她終究顧了大局，自己算不了什麼。她已經渡了一切。

蘇惟紘站在蘇家三合院的大埕前，燒起了三十多張符咒，臉孔皺了起來，一點點煙居然嗆到了她，她心慌慌的，看著微微的火光幾秒內吞噬了這些符，彷彿這些無辜的嬰兒化作了煙，飄向天，而遠方有烏雲攏近。小鬼帶著母親出來見她，蘇惟紘好順口地喊了聲：「阿嬸！」嬸嬸鄉下女人裝扮，聽說蘇惟紘要回來特地從工廠請一小時的班來接她，矮黑的嬸嬸笑著臉迎上來，隨後眼淚又掉個不停。蘇惟紘看見眼前的嬸嬸，覺得親切，上前擁抱了她。

三個女人立在南部陽光下的一方蔭涼，彷彿糾結的心就要放開了。她踏進蘇家大廳，不先拜祖先。她知道，人生不會在神主牌上，她已經是有故事的人。

蘇惟絃望上大廳老牆懸掛的每一張臉，對上眼，看見最熟悉的一張臉，和母親床頭上那張一模一樣的笑顏，父親。她再移開視線雷達搜尋，盯著，是的，就是他，縣議員祖父。

「這是我爸。」小鬼指著最邊邊的一張。

「那阿嬤呢？」蘇惟絃問著。

「恁阿嬤的相，出山回來，太忙了還沒放。」嬸嬸說著。

陽光漸漸偏移，空氣中流竄著潮濕氣息，嬸嬸燃起三炷香，蘇惟絃接過持著，室內充滿習慣的香味，溫暖地像母親阿桂同時也在西屯慈澤宮內點燃三炷香，跟菩薩說著老掉牙的話，蘇惟絃先拜廖家祖先，再拜蘇家祖先。她不改幽默的說：「沒人規定要先拜誰吧！後代子孫不讓他們當孤魂野鬼就是孝順了！拜誰都一樣。」小鬼立在門旁，看著堂姊蘇惟絃，逆著光人形消散，以為看見菩薩，想起這些年來家裡大小事，淚在眼中打轉。口氣世故其實就是蘇惟絃，但過往許多時候，言談的背後沒有歷史襯底，吐出的字像在飄，失去主體，如今談吐練達依然，她已能夠發言。

烏雲來了，蘇惟紘跟著嬸嬸和小鬼走出蘇家大廳，她望著大廳埕前不斷溢出她視線的稻田，遠方高鐵正頂著雲朵在跑。雨，不久便轟轟地下了起來，彷彿，還有嬰兒哭泣聲。

蘇惟紘在心中想著：「現在，祢們可以放開我了。」

依然是深夜的部落格有故事的人，蘇惟紘po出最後一篇文章，標題〈是的，回去，與結束。〉，點烽火向世界報信：「網路流浪人歸來矣，曾經我也許是蛾，現在，蛾掙脫了網，撲向最亮的那盞燈。吾亡矣，無網矣。」

5

三十六歲的蘇惟紘站在慈澤宮仰頭望天，十年前她與堂妹小鬼返抵故鄉麻豆，替祖父生前留下的冤債超渡，當時故鄉一土一草都牽動著她的精神，現在的她，不再飄浮在壇煙中，安安穩穩地站在土地上，跟母親阿桂一樣如水般輕的她，於是有了重量。會是逢甲夜市的人河與喧囂，蘇惟紘開車夜晚八點行過逢甲路，兩旁店家騎樓人群如浪湧動，她是游標，浮生在這繁華的世間螢幕上，成為喧鬧的一部分；她也是這城市的血肉，卻在心裡藏著古老的靈魂。偶爾年輕騎士從車身旁流竄而過，改裝車與消音器，爆炸的熱血與嘶吼，年輕的時候總充滿聲音。街上人群往往在下個紅綠燈前便鑽進兩旁寄生滿攤販的小巷，他們像飄在街上的遊魂，青春總愛往捷徑鑽，而此地乍看恍如鬼市。紅燈時，潮男潮女從她車前奔躍而過，生命像倒數中的三十秒，耗盡便不虛此生。蘇惟絃看著車燈打在那些女孩紛色衣物上，每個人都把小畫家穿在身上，複雜的層次與詭譎的色調，臉上的笑容往往有點僵硬，假假的。蘇惟絃切換燈頻，像探照自己生命的過去，過去她也這樣，沒有軀體。蘇惟絃車速壓慢，緩緩地划過這人世，像艘駛往邊境的渡船，搖晃在鬼域，觀看兩個世界。

蘇惟絃看見自己不在那裡了，魂兮歸來。活著感受腳下的泥土氣，中部紅土壤，南方的棕色土。十年前，小鬼與蘇惟絃重逢在慈澤宮，菩薩引渡見證下，阿桂的急救方三十張超渡咒，快遞送往麻豆蘇家。結束了，所以握緊雙手重新開始。現在阿桂開始像候鳥往返在臺中與臺南，周二開壇完的隔日，要蘇惟絃載她到朝馬搭統聯客運回麻豆，再要小鬼或小嬸來接她回蘇家，幹麼？掃地煮飯和養雞養鴨，阿桂總說：「好壞都是在做人，又不是鬼。」小嬸要她乾脆回來好了，算算都是一家人，阿桂推辭，蘇惟紘不會感到意外。我們家現在已經沒有男人了吧，農曆八月中秋，蘇家祭祖，小鬼與母親，阿桂和蘇惟紘，四個女人站在列祖列宗前，對準兩張神主牌，誰還管誰是誰家鬼呢？不交談的閉著雙眼，只有檀香繚繞在每個人的鼻頭。

小鬼痴痴望著神主牌上的兩個姓氏，想到母親與阿桂伯母也是兩個姓氏，紛亂的系譜她覺得乏味極了，有什麼好在意呢？

嬸嬸說：「阿嫂！下次帶我去妳們宮看看，十年前是菩薩救阮，現在咱才可以團圓。」

天下漸漸暗了下來，烏雲從溪埔地移了過來。

阿桂說：「秋天就是這樣，還在下西北雨，乎人分不清，是什麼時袸了……」

是什麼時袸啊……

淡淡的香味從戶埕從遠方飄來。伴隨著涼風與潮濕的空氣。

阿桂與蘇惟絃走出蘇家大廳，燦爛笑容，掉頭望著廳內，不知道對誰說：

「桂花已經開了……」

本文獲第二十五屆中興湖文學獎小說首獎

我的名字叫陳哲斌

許多年後，陳哲斌會推著空輪椅站在那棵裹紅布黃榕葉滿地的大樹下，身旁是他的妻子、他剛學會說話的小孩，陳哲斌會痴痴地望著更遠處南方棕色土壤生出的高鐵灰色底座，下午三點十分，這寧靜小鄉給準點划過的高速列車震得轟轟作響，年業中年的陳哲斌聽見了，對著妻小說：「我們要去看阿祖囉！」遂走上通往從前家門田埂路，豔陽在他的前方西落，於是陳哲斌也像推著日頭公，失落地走進消失的三合院，走進童真時代終日小黃燈的佛廳，陳哲斌想起神龕上那尊長鬍鬚神偶，清水祖師陳昭應，家神。右望象牙白壁上那張金框照片裡頭的女人，他想像自己轉了幾圈，有點暈，眼神極誠懇地說：「阿嬤，我終於回來了，而且我要在這裡，蓋起新的高樓大廈，因為，這才是我的本土。」

●

張痛幾乎無言。無言張痛如海上人家，陳家三合院孤船似四面都給水稻田圍了起來，只留一泥濘小徑出入，稻海兩里內無人煙，南風貼著稻穗起伏到陳家矮牆來，難怪，難怪，難怪陳哲斌和他阿嬤張痛老是暈船嘔吐得整年頭痛心乒乓剉。夏天午後西北雨，小徑給田水淹了過去，陳家三合院便成了封閉小島。小島在夏收之後有船航行，村人收水田原地植起菱角來，菱田水深不及一尺，每畦配備小木舟一艘，待秋冬時候採菱。

小學三年級陳哲斌還童心漾然，秋天放學步行村路口，碼頭般跳上圳溝旁的小舟，一路穿菱網航向落日航向三合院，如此浪漫，如此，陳哲斌竟也有船長的感覺。陳哲斌偶爾順水路撿幾隻福壽螺上岸後拿隔壁村瓦窯生出的紅磚砸死牠，嗆聲：「外來的！」

每每張痛聽了聲響便會衝出院埕來，鍋鏟鋤頭還握手上，像待戰女兵。陳哲斌幾乎習慣看著阿嬤全副武裝便喊：「阿嬤我回來了。」「陳炳賢，功課趕快去寫寫，阿嬤袂來煮飯。」陳哲斌是聽到了？乖乖走進房間寫作業去。

海上人家沒有歲月，祖孫倆鎮在三合院上如石敢當鎮煞，哪有什麼煞？前幾年陳家祖公屎一塊休耕地給高鐵收購，張痛回收兩千萬，根本與三級貧戶沾不上邊，還好張痛總是無言，加上陳哲斌從小就半句話也說不全，咿咿呀呀的這驚人祕密會說的大概也只剩下神龕上那尊也算家神的陳昭應。家神陳昭應清水祖師，三合院內隱形成員，張痛日本時代嫁進陳家後，陳昭應就在了，算得上張痛的前輩，張痛一生追隨信奉，陳昭應全都看在眼裡，只是陳昭應亦然無言，世間事祂無法介入。比如民國三十多年那場巨變，張痛灶腳忙碌院埕忽然傳來兩聲ㄅㄧㄤˋ ㄅㄧㄤˋ，張痛聽見了嗎？她衝到院埕時尪婿大概只剩下一口氣，直喊著：「痛啊痛啊⋯⋯」張痛眼淚西北雨勢嘩啦啦，她眼睜睜這男人不知道喊痛？還是喊她名字的就這樣去了，張痛不知這是什麼天地？神龕上清水祖師看袂落去，熊熊發爐起來。從此張痛像換了張魂魄，沒中彈倒也含著子彈從此成了半啞巴，她還真患著難言之隱，從前至少也是個為民喉舌的官夫人，四五十年來卻沉靜少言，她鮮少出田埂到村內市集，偶爾露臉，老一輩見了她還會喊著：「老夫人喔。」再更年長點的如果還沒死，便會幾句日文互相問候，這樣她才感到安心。張痛笑臉相對，四五十年都過了，她到底還是個得人敬重的婦人，這小村並沒有將她遺忘，可張痛什麼都記不得，偶爾還對錯了記憶，以至於多少年後當孫子陳哲斌問及消失的阿公時，張痛天天都有新版本，比方說：「就是那天，當年阿嬷還是個水姑娘，真正水喔，誰知道兩聲鞭炮ㄅㄥˋㄅㄥˋ，我從伸手仔這角衝出來，水稻田上白鷺鷥四百多隻衝上天喔……」又或者：「恁阿公不小心在門口跌倒啦，誰知道胸口血水親像噴泉驚死人喔……」張痛聲音越來越小，彷彿害怕老天爺會偷聽，是的，張痛到哪裡老覺得誰在看她？疑神疑鬼總以為自己被監聽，她話越來越少，甚至拒絕直呼親人的名。陳家開基延脈單傳，那年張痛亡了尪婿從此與兒子相依三合院，沉默屋身住著歷史怪獸。

張痛幾乎沒有記憶，斷絕親戚網路，孤隻單傳人已經夠少了，數十年來神經兮兮總喊兒子黑仔。黑仔不如路邊人家那尾看家犬還會汪汪守著家園，哀，醫生說輕度智障發燒稍微燒歹了大腦，狀況時好時壞，幸虧還學得家鄉絕技剝菱角收割水稻，足骨力，可惜只上不了小學。張痛年輕出外到嘉南加工廠整天班操下來，就把黑仔放在神明廳，神明廳內靠陳家出品陳昭應看管。那時黑仔便獨自留守無半點無光線的大廳呼吸微細檀香味，他餓了吃供桌上黑半邊的柑橘與香蕉充飢，活下來對黑仔來說並非難事，黑仔頭殼壞掉不愛說話，靜定地像是一尊人身神偶。這一切，陳昭應也都看在眼裡。

張痛不敢出聲，她將自己與黑仔守在稻海一艘老屋中，解嚴後十年，張痛給他兒子娶了個越南新娘阮素嬌，隔年便生了個白胖金孫單傳成功，張痛不張喜事，陳哲斌便這樣無聲無息、無消無息地來到這人世間，陳昭應看見了吧？

那年，秋天菱田上漆般厚厚一層金黃日頭要落，四百隻白鷺鷥空中盤旋，黑仔紅上衣浮水面溺斃門前菱田，無言黑仔半句話不留，張痛軟腳出不了家門，像是沒了脊椎哭趴在洗石子矮牆旁，兩里內無人煙，搥心肝喊著我痛、我痛。喪事畢，張痛給了阮素嬌七八百萬希望她回越南，她鞠躬說：「素嬌多謝妳。」阮素嬌南北飛行過巴士海峽終於離開這座島，中年張痛的祖孫生活於焉展開，張痛說到底相當自私。

●

新臺灣之子陳哲斌直到上了國小才知道他叫陳哲斌，畢竟出生到現在張痛每天都有新名字，比如：陳明惠幫阿嬤把神明廳的燈火點亮喔、陳君毅門口那些菱角去收一收呀。張痛像命理居士，腦袋總能翻出新奇名字，她教養金孫有一套，家中四五十年從沒電視電話與報紙，外界消息一律封鎖，陳哲斌除了陽光空氣水就剩下稻田菱角與白鷺鷥，當然陳哲斌還有一手划小舟工夫，畢竟菱田小船可大有學問，姿勢一錯腰桿側彎都有可能，陳哲斌絕活還能在菱田裡飆速。陳哲斌幾乎沒有玩伴，除了上小學，生活圈大抵以三合院方圓兩里為主，張痛只要看見陳哲斌乖乖在院埕裡才能放心，偶爾陳哲斌離開她的視線，便會大喊：「陳鎮鴻人勒?!」陳哲斌原始動物般，辨別聲音，作出反應，他聽見的是陳鎮鴻不是？小身子神龕下爬出來喊著：「阿嬷我在這裡。」

神龕上的陳昭應落寞神情，祂知道了什麼吧？

●

八十六年的陳哲斌碰上了九年一貫，英語教學隆重登場，陳哲斌的國語已經夠爛了，這下還碰上豆芽造型的外國語，英語老師見了陳哲斌圓滾雙眼，大楷毛筆字般的粗眉便說：「蠟筆小新耶！好可愛喔！」全班同學哈哈大笑說好像好像，陳哲斌根本不識蠟筆小新，進不了狀況，他甚至以為那只不過像是平日在家阿嬷隨時變換的名字罷了，陳哲斌根本不在意自己是誰？陳哲斌擁有的名字已經太多了。英語老師對他說：「你就叫做阿 BEN 吧！」陳哲斌暫且變化身分作阿 BEN 一場。英語教室，陳哲斌覺得恐怖極了，怎麼身邊同學隨口都是神祕語言，陳哲斌沒見過這場面，他們都不說人話？他晃頭張望同學滿口臺語：「你們在講殺毀？」一個風騷女同學名喚艾薇兒的跟他說：「English 啊，我從小念雙語幼稚園，國小一年級就通過英檢了耶，阿 BEN 你不會嗎？」陳哲斌緊張了起來，英語老師補上一句：「Everybody，英語是世界通用的語言，大家一定要努力地學好它喔，英語可比神的語言啊……」陳哲斌望英語老師專注的神情，身旁同學開心聊天，他如置身無人島上，無人對話、無法言語，大家都在說神的語言。

當天陳哲斌下課出校門飛奔回家，棄小舟不顧地走田埂像蜻蜓點水進三合院：「阿嬤我回家了！」張痛神明廳內換素果與新茶，手上正持三炷清香：「陳偉豪你回來了啊！」

「我不是陳偉豪我是阿邊！」

「陳建祥你安怎，這麼兇對阿嬤說話。」

「我也不是陳建祥，你為什麼不叫我阿邊、我是阿邊、我是阿邊、我是阿邊……」

「陳寶承，阿邊是誰啊？安怎要叫你阿邊呢？」

「我才要問妳為什麼要亂叫我的名字，我是阿邊我是阿邊。」

張痛一股火衝上來，牆壁上雞毛撢子就抽了起來，陳哲斌滿廳跑來跑去哇哇大哭，像是新生嬰兒離了母體對這世界聲聲吶喊，張痛越打越起勁，眼淚無聲流了下來，陳哲斌爬到神龕下躲了起來，張痛更氣了，蹲下身子手上揮舞著武器要陳哲斌出來，「陳死人你出來！陳妖魔你出來！陳沒良心的你出來！」祖孫倆對眼盜淚，新點三炷清香讓廳內縈繞清淡氣息，當季的椪柑與麻豆文旦生得真好，陳昭應看到了吧？清水祖師祂知道嗎？

那晚，張痛剝開了麻豆文旦，埕上就著月光沉思起來，這老厝身她一住五十多年，尫婿和兒子都死在這裡，她想著孫子似乎就要長大，綁住他，到底也剩不多時間。張痛打了個冷顫，她想起年輕時跟著尫婿街頭巷尾人人尊敬模樣，那時她容貌正好，人見人愛，家中不時還有日本官員來訪，丈夫興來便吟詩來，牆上滿是丈夫作詩大賞的獎狀，張痛跟著應酬也學會了一點擊缽戲碼，那時嘉南大圳供給著水稻田，村人們勤於上下工作跟著土地一塊呼吸，或閩南語或日本話的招呼言談……張痛打起瞌睡來，恍惚看見尫婿就站在她身前、倒在她眼前像是在對她說我痛、我很痛……張痛夢中有話要說：「你甘是在叫我？你在叫我吧……」張痛哭醒，長長嘆了一口氣，月光直直落在院埕前的菱角田上，小舟上似乎坐著兒子黑仔，張痛進入了潛夢地帶，夢中她亦有話要說：「黑仔你不會划船、無通去划船啦！黑仔危險啦……」張痛半夢半醒，寧靜小村讓張痛的喘息聲清晰了起來，她感覺有人站在她腳跟前：「是你喔……」

是你喔……

「阿嬤。」陳哲斌雙手併攏直直擺胸前：「阿嬤對不起，我不是阿邊，我只想當阿嬤的孫子。」張痛嚎哭了起來。

●

轉圈圈。

下課時間，陳哲斌在教室內轉圈圈，周旋在各小團體話題中，想要接上幾句話，陳哲斌來到教室布告欄前那團男孩旁，他們似乎正說著令人振奮的新發現：「昨天放學前不是約好七點半在城堡前面碰面、你怎麼這麼慢、73889她們那支隊伍已經攻城了啦！」

「我昨天作業寫到六點半、結果我哥在用他的MSN不給我玩啊、然後我媽就說她要收一下E-MAIL、結果、反正、吼喲、她竟然去逛eBay就十點了，對不起啦！」

「吼，你媽媽真的很奇怪耶，我昨天真的很生氣，你是我的好朋友好盟友耶！」

「好啦好啦、那我把點數分一半給你，順便去你的部落格幫你衝人氣。」

轉圈圈。

陳哲斌轉到了黑板前那群整理粉筆的女孩子旁。

「艾薇兒，你知道隔壁班的班長跟我要即時通耶，可是我跟他說，我每天都要補習到十點沒時間上線。而且我有跟我媽媽說喔！我媽說現在的小孩怎麼這麼早熟啊……」

「那妳有給他嗎？」

「哎呀我就說，我沒紙沒筆，他就說……他說只要我說得出口他都會記在心上……」

「好噁心喔他！不要給他啦，他真的很自以為耶！」

「嘿嘿艾薇兒我就敷衍他啊，然後就給他我媽媽的即時通了！Q——U——

E——E——N1206！那班長超誇張的還眼巴巴說，皇后，妳是射手座啊……」

轉圈圈，陳哲斌在教室裡頭轉圈圈，頭暈暈地像回到了三合院，稻海浪撲在矮牆上，泛著小舟輕易便撥開菱角藤枝結成的網可以登岸上島。陳哲斌真聽呆了，鼓起勇氣問了艾薇兒說：「艾文爾，什麼是上網啊？」蠟筆小新紅了臉，越說越小聲，「阿 BEN，我是艾薇兒，A——V——R——I——L。愛文是芒果，你不要每次都叫錯。」陳哲斌連忙說：「歹勢歹勢。我只是覺得、我都聽不懂你們在說什麼……」

小馬尾髮型艾薇兒已經有點不耐煩了，敷衍地答：「反正就是有個小綠人，綠色的喔！灰色的不行，轉個幾圈就可以跟世界上每個地方的人說話了啦！很神的！」陳哲斌聽的嘴巴張大大：「那什麼是上網？」艾薇兒覺得簡直遇上了原始人，可不是，陳哲斌是新臺灣之子，跟土地一起呼吸。「上網就是連線啦！阿 BEN 你家沒有電腦嗎？沒電腦會沒朋友耶……」

陳哲斌每句話都仔細記了下來，心中默念著學校聽見的新奇字眼，怕忘了沿路覆誦回家。這次他乖乖走田埂準備走回三合院，他心中有更多的疑問想要告訴阿嬤，遠方五點十分的高鐵列車轟炸經過，陳哲斌看見菱角田上的水雉與紅冠水雞不為所動，繼續水上漫步，他也看見圳溝邊生出成排紅色福壽螺卵，陳哲斌覺得噁心，路邊撿根柴枝地通通給刮下來，最後連柴枝也一折兩斷，陳哲斌說：

「外國貨！」

他走進院埕嚇了一跳，有個男孩短褲夾腳拖上身赤膊地撐支大洋傘站在他家廚房前，很肥滿臉都是汗；拿著反光板似乎正在尋找最好的角度與光源的那個哥哥，既高且瘦，不斷變換著位置，偶爾還得踏上阿嬤的小凳子；最後一個哥哥黑背心牛仔褲，手持腳架單眼相機，對著造型華麗的大姊拍呀拍。陳哲斌看出神，親睹這詭異團隊大小動作。有時大姊竟然一下趴在掉漆老窗戶前露出看起來很痛苦的表情，因為西落淺淺的陽光給她照得張不開眼，大姊一下跳上生出雜草的矮牆或蹲或跪地望著菱田不停變化臉色與動作，大姊彷彿很享受、嘟著嘴唇瞇瞇眼。三個大哥一路尾隨，眼巴巴像條狗對著公主再三膜拜。陳哲斌似乎忘記這是自己的家，撐洋傘的大哥哥問：「小弟弟，我們在拍照喔不要過來。」

「這裡是我家。」陳哲斌口氣倒強了起來，這是自己的家？

「Oh My God！這房子有人住啊，我們以為是古蹟，小弟弟我們正在外拍。不好意思。」

陳哲斌好奇問：「我家有什麼好拍的？」

「因為你家很適合當作觀光景點，我們找好久，這間三合院最標致，最有臺灣風味。」

陳哲斌繼續問著赤裸上身的這肥子：「什麼是外拍？」

此時，黑色背心攝影大哥跑了過來：「請問你家的紅閣神桌可以借我們拍照嗎？我們想讓麻豆趴在桌上，捕捉出衣服最好的曲線，捕捉傳統與現代的衝突。」陳哲斌心想麻豆是官田隔壁那個麻豆鎮嗎？這才想起阿嬤怎麼沒出來趕人、這群陌生人侵門踏戶，張痛看見了沒殺人怎麼行？黑背心大哥問：「小弟弟你家沒有其他大人嗎？」

「阿嬤！」陳哲斌轉身指著神龕上的那尊清水祖師：「還有祂。」

陳昭應看見了吧？

「快點快點夕陽快要落下了、這邊表情陶醉一點喔……」

陳哲斌站在大廳門口也陶醉了起來。

「來靠在門神旁邊，手摸著春聯，笑開一點。」

陳哲斌嘴巴也跟著痴呆。笑起來。

路燈亮起收工前，陳哲斌已經跟大哥大姊玩了起來，美麗大姊拿出數位相機：「弟弟看這裡喔、我們來自拍—耶—。」陳哲斌覺得這一切魔幻極了！滿頭大汗他又想起阿嬤怎麼不在呢？

「黑仔！去！……」去把妖魔鬼怪、去把青分人趕走。

「黑仔！去！……」去保護我的金孫。

兩隻兇猛臺灣土狗從門前小徑一路吠了過來，奔跑在日落天黑的田埂上，流出口水彷彿非常飢餓，黑仔看見不熟悉的人都非得咬個幾下，外拍團嚇得三合院內四處竄逃，赤膊大哥掉到矮牆，跌在菱角田給紅色菱尖刺得哇哇大叫，拿著擋光板的瘦長大哥少女般在院內尖叫，分貝高過美麗的大姊，大姊給黑背心英雄救美扛了起來，大洋傘忘了收的大隊人馬倉皇奔命逃出陳家三合院。

「陳星河，你是安怎跟陌生人玩一起？」

「阿嬤！他們不是壞人！外面的人又不一定是壞人。」

「外面的人沒事就不要認識，哪一天你被扒皮烤去吃，你攏無災！」

「又不會！」

「蝦米不會！要不是我趕緊去廟口跟廟公借他的兩隻臺灣土狗，放狗咬人，你可能就被綁票了！」

「好啦……」

「明天廟口做戲，阿嬤想要把祖師公請到大廟去住幾天，跟祂們那些神仙伴侶交陪一下，你漸漸長大，阿嬤順便帶你出去拜拜，讓你會讀書一點，別像你那笨得跟狗一樣的老爸。」

「好耶！好久沒有跟阿嬤出去拜拜了！」

是啊，距離上次張痛帶著陳哲斌出家門已經是哲斌上小學開學那一天，陳哲斌乖乖上下學，也不給參加戶外教學。張痛幾乎不讓陳哲斌擁有自己的時間，祖孫倆每年每月漂流在老船上，生活在孤島裡，難怪，難怪張痛和陳哲斌老是有暈船頭昏的症狀，日子儼然已經是一種病。

●

拜六，張痛三炷香給陳哲斌，她自己也三炷香的似乎跟陳昭應說了許多話。隨後神像請了下來要陳哲斌緊緊抱住，外面日頭灑在菱田，一路溢過村路，再伸到最遠處的高鐵基座。張痛走前頭拎著陳哲斌緩步行腳在田埂上，陳哲斌看見那群每年固定時間飛來的留鳥，以及站姿各有風情的長腳白鷺鷥，陳哲斌似乎在說：「一起出去玩吧。」前往大廟的路與上學路途反方向，陳哲斌走進新世界，老屋森林坐落在村內不寬的柏油路兩旁，兩旁亦歇滿了不喘氣的小客車，陳哲斌每經過一輛車就會看見自己倒映的身子，以及手上那尊陳昭應。陳哲斌說：「祖師公今天要去參加同學會！」張痛轉過身子來：「陳子文啊，清水祖師也是個修行人，對咱大小漢也是很照顧，你毋通放袂記。」

對陳家很照顧的陳昭應，聽進去了嗎？

陳哲斌整路興奮跟阿嬤一句來一句去，路途中不乏歐巴桑過來跟老夫人打招呼，張痛很有修養點頭問好。陳哲斌忽然覺得阿嬤好神，在她身後好安全。「阿嬤，我在學校都聽不懂同學說的話。」

「怎麼可能臺灣人說的話，哪會聽不懂？」

「他們好奇怪喔，為什麼大家都要上網啊，阿嬤，什麼是上網啊？我同學艾文兒說那是神的語言！」

「阿嬤不清楚，陳進誠啊，不然等等問一下祖師公啊，還是太子爺、帝爺，很多個，看你要問哪一個？祂們都說神的語言……」

「而且他們都說、都說小綠人轉圈圈就可以說話了，我真的覺得，他們好奇怪喔。」

「平平都是人啊陳信宏。」張痛忽然沉了一下。

「不過，有一點我跟他們一樣，就是他們也都有很多名字！而且有些還是數字，很恐怖，他們沒有姓氏耶！」陳哲斌表情認真讓粗眉毛連成一長線，酸梅嘴。張痛走前頭眼淚默默流。他們正來到廟口，廟埕人潮洶湧，紅白帆布搭乘三落，每落下長桌上堆滿各款祭品，村人們忙進忙出如以廟為家，金蓮歌戲團上鑼鼓聲撞擊分貝加大，各色燈光交錯在扮仙的戲子上，這是個人神不分的魔幻空間。張痛跟人招呼點頭，卻不多話，舉手投足間偶爾竟有貴族姿態。陳哲斌似乎有更多更多的疑問：「阿嬤，你為什麼都不叫我陳、哲、斌啊？」張痛聽見了嗎？張痛說：「要放鞭炮囉！趕緊把神明請進來大廟。」

陳哲斌一手摀住耳，像是想聽又怕聽地一手攬著陳昭應魚貫入大廟。

●

這季菱角價格低，白鷺鷥也來得少，小村沉默；這季的秋颱總是多，村口大榕樹給狂風吹掉了好大一片，落葉亂糟糟。陳哲斌瞞著阿嬤買了件橄欖綠雨衣，每年每天每個他家犬般留守家門的日子，如果遇見出太陽便穿著在院埕前繞圈圈，轉圈圈。下雨天他便打著海帶綠三開全自動防水傘來回走在門前田埂上，田埂長兩公里，直直通向村內產業道路，陳哲斌倒退著走，眼前是菱田生成墨綠碎浪迎南風方向拍打著洗石子矮牆，南風方向坐落陳家三合院，陳哲斌手轉動雨傘退著退著給退進了大廳神龕前，龕上供尊清水祖師，陳昭應當然還在。

陳哲斌童稚聲腔，一路青春期換聲沙啞，生活依然離不開三合院方圓兩公里，國中三年級陳哲斌推著張痛坐輪椅走崎嶇田埂，祖孫立在家門小徑出口那棵裹紅布黃落葉滿地的大榕樹下，一同痴痴望著更遠處南方棕色土壤生出的高鐵灰色底座支架他們的眼前，他們倆幾乎都不說話，緊閉雙唇過一整天，下午三點十分。張痛衰敗的雙腳讓她八十歲之後腳力急速退化，她就快要走不動了，而陳哲斌抽長的身子還在院埕內不停地打轉……

●

「阿嬤妳上線了嗎？我看不見妳，我同學說小綠人轉幾圈就可以了耶……」

「如果妳看見我上線了、我的帳號是ben_and_tone，按下去快跟我說話。我們要永遠在一起。」

中華電信來三合院安裝網路線那天，張痛已經八十高齡坐輪椅，越南仲介來的看護也叫阮素嬌，阮素嬌每天推著她到庄口廟、國小紅土跑道去曬太陽。張痛從前的氣魄全廢，獨坐輪椅，她是個動也不能動的人。阮素嬌照三餐做復健，伸縮大腿，後來直接喊她一聲媽，外人都以為阮素嬌是十幾年前張痛迎娶的那個媳婦，張痛啞口無言，她心底暗自吶喊著，只有陳昭應知道的事。張痛說話相當吃力，只能說：「痛、痛。」

而陳哲斌簡直是剛出土，鮮嫩會流汁，理個小平頭的他很日系，很壯，每天都在神明廳作三百個伏地挺身，學校都說他可以去念軍校，他也不是挺帥，就是一種誠懇的感覺，讓你不能忽略他的雙眼。彷彿是告訴天下人：「我有話要說。我想知道的更多。」

陳哲斌初摸滑鼠，皮膚紅腫過敏，看著螢幕，頭會暈。他適應不良，從前他知道的就是阿嬤說的，現在，陳哲斌開始發育，不想眼巴巴要同學幫他列印作業，拿了張痛的存摺領錢買了臺最 hit 的電腦，反正他家有的是錢。他對著 NOVA 店員說：「我要能上網的。」店員笑笑：「弟弟！哪一臺電腦不能上網喔？」陳哲斌羞紅了臉，嗆：「我是先生，不要叫我弟弟。」娃娃臉，蠟筆小新，陳哲斌。

陳哲斌自此迴避到城市去，但他跳過城市，直接躍上國際。

還記得英文很差的陳哲斌，現在，程度已經是高級。別人都在跑補習，他卻忙著惡補自己。陳哲斌小學時代，同學口中談論的那個網路花花世界，什麼都有。陳哲斌總想像著那個世界：「一定會有我。」便會是國際漫遊，陳哲斌不可自拔地參與各個論壇，上遍各大ＢＢＳ，他擁有三十個帳號、二十個部落格、十二本相簿。在網路自稱陳大同、陳亮為、陳博證、陳傑儒、陳凱強、陳東評、陳彬順……他太愛視訊，自拍，像是沒看過自己的臉，ＭＳＮ顯示圖片，放張自己對著浴室玻璃露出剛練的肌肉，或搗嘴露出圓滾雙眼的照片。他網友無數，好巧地都叫做陳照應，陳哲斌也不覺奇怪，對於冒名的生活，他，並不陌生，名字太多向來不造成他的困擾。

他在自己的三合院豢養小宇宙，他是自己的困擾，自己的恆星，轉圈圈。

陳哲斌其實也在試試自己，可以拋開三合院多遠？或者他倒是要問陳照應：

「看見我們家現狀了嗎？」

一次遠征，人在臺灣，心卻飛抵世界級網站。陳哲斌夏日只穿著四角褲，熱，黑粗框眼鏡滑落挺挺的鼻梁，盜汗，螢幕內，三十六格視窗有三十六個國家，義大利、米蘭、香港、紐西蘭、日本、冰島，還有塞爾維亞，各種風情的女孩都坐在電腦前面，視訊，等待，等待異國男孩網交。超廣角。陳哲斌臉紅紅英文太好，兩三句，進軍國際，掉進國際乳溝。

陳哲斌坐電腦前，褪下褲子。

左手捂住嘴臉，右手，認識這世界。

陳哲斌決心認識這世界，有回他在名為「臺灣好美」的網站結識一名網友，他們話題相當投機，幾乎是前輩子就遇過的人。對方靈媒般甚且知道陳哲斌的父母親老早消失，他還問陳哲斌你家被菱角田包圍，菱角尖尖，口舌很多，你家大人做事很不圓融。陳哲斌直呼神奇！請教了相當多人生問題：「那我到底是誰？」陳哲斌還問：「我的媽媽去了哪裡？她是臺灣人嗎？我算不算混血兒ABC？我阿公是誰？他怎麼死的？黑仔是狗還是人？你叫什麼名字？」對方答覆：「我叫作陳昭應。」陳哲斌說：「是清水祖師嗎？是我家的那個清水祖師嗎？是看著我長大的清水祖師嗎？我阿嬤說祂什麼都知道，最照顧我們了！」陳照應說：「我只是你的網友。」

「我只是你的網友。」

焦慮地，陳哲斌頓時明白，網友就是神，神就是網友。天底下的哪個人都是陳昭應，陳昭應也可以是我。但陳哲斌還流著血緣溯根的衝動，新臺灣之子：「那知道我叫什麼名字嗎？」陳昭應說：「你無情，無情的人沒有名字。」

隨即消失在螢幕。

是的，陳哲斌這個世界他住不下了，命運帶他走向屬於他的故事，敘事正在無限延長。三合院已經走遠，張痛被遺忘在廂房內，黑仔新生的小黑不停地汪汪汪。哪裡才是屬於陳哲斌的本土？

島，陳哲斌是一座島，島的封閉讓他青春期陷入慾念與情感的苦牢。他在三合院的每個暗處自瀆，彷彿怕被陳昭應看見般的他都選在天黑的時候，但他也忍不住地就在神明廳太師椅褪下身上所有衣物，身體給出了語言，陳昭應看見了嗎？不要開燈，自瀆。

沒人聽得懂陳哲斌的島語，不喜歡說話的他，是自己天地裡的少數民族。

不喜歡說話，更不常到阿嬤房間去看她。張痛不再對著他點名，倒是陳哲斌偶爾會戲弄她說：「我不是陳哲斌。」我叫作陳雅惠、陳曉君、陳美倫、陳香華，失去性別，一次還說自己是陳皮梅，他其實不覺得自己自由了，倒是發現，習慣與健忘，才是問題的根源。但他也只能高喊，who cares，我是我，迴避所有的遺傳，陳哲斌的生活哲學，他渴望自己的路。

年初六，快要碰到清水祖師聖誕千秋，阮素嬌推著穿新衣的張痛給陳昭應上香，掏出紅包要給陳哲斌，說乎你平安大漢。陳哲斌收了，隨即又放在張痛的口袋：「妳的就是我的，我的就是妳的。」阮素嬌不太懂臺灣話，聽了也掉淚。對著陳哲斌比畫：「這幾天要拜拜。」陳哲斌當然懂，從小跟著阿嬤燒紙錢，喝神水，聆聽天機。陳哲斌會的，就是跟陳昭應相互感應。可陳照應到底去了哪裡？

陳家對外的泥濘小路被鄉公所鋪成柏油路，兩旁菱角田這幾年會蓋起鄉裡第一間7-11，陳哲斌為了慶祝清水祖師的誕辰，在網路「揪團」號召來幫陳昭應慶生，名稱就叫「臺灣A咖神明——清水祖師生日趴。」外面的人對陳哲斌來說充滿無限可能，無須情感責任，他可以擺脫掉他的動物性本能，虛擬新生活。

「封閉是我的家，我的人。」陳哲斌雖說網路世界走跳有成，但他更清楚察覺沒有邊際的世界更讓人孤獨。當他回到這個更大的現實世界，有圍牆築起的三合院。他幾乎不能和人相處，奔跑在河堤上大口喝水，吐。

●

清水祖師大壽，整個村莊都在辦桌，陳哲斌今天髮型之帥，像外地人。他搭了一大落布帆，鋪天蓋地遮住三合院對外道路，不知情的還以為在辦喪事。循古禮，陳哲斌請了團布袋戲，張痛呆坐輪椅看拐老子扮戲，他則忙著牽線路，試麥克風，令命阮素嬌把八仙桌移到戶埕來，擺好該有的供品，陳哲斌還買來一根竹，竹上繫黑布，令旗。阮素嬌對著張痛說：「我們祖師爺終於有了令旗。」半天時間，整個三合院成了紅白藍色澤蒙古包，密不通風。陳哲斌延長線接了三大段，從右護龍繞到了左護龍，test，紫色光混著藍色光，旋轉，棚內成了一座閃爍舞池，像菱角田。新的世界正悄然落成。陳哲斌對著阮素嬌說：「我在連線。」陳哲斌還說：「還可以連到妳家喔！」隨即示意阮素嬌推阿嬤進房休息，說天黑再出來吃拜拜，連線。

便又會是個黃昏三合院，陳哲斌已經長很大了吧，他等在洗石子牆，遠眺幅員不再遼闊的菱角田，水雉和白鷺鷥。他想起小學年代的外拍攝影團，那些大哥大姊，曾經短暫帶著他去了未知的世界，他記得相當清楚，大姊姊頸項的香味，他還記得：「要連線，才能說話。」

華燈初升，陳哲斌「揪團」已經到了，南北二路的網友好正式，西裝外套小禮服，從村口大榕樹臺步般走向三合院，他們全都第一次碰面。正如此，陳哲斌認為場面相當單純，缺乏深交之前，陳哲斌可以非常安穩地和人相處。他們幾乎都和網路上長得完全不同，甚至沒辦法確定彼此的身分，初相逢，都像在認屍。只有陳哲斌，他意識到自己是唯一有身分的人。大家都知道，他叫作陳哲斌。

這當中陳照應1是第一次到鄉下來，看見蜻蜓飛舞，驚呼你們這邊蚊子都這麼大隻？有幾個數位相機迫不及待地就拍啊拍，你可別以為她要拍風景，閱覽照片，全是大頭臉，很怕自己沒有臉。他們也用口音辨別出生地，陳照應2說話有臺中腔，什麼話都「是齁、是ㄋㄧ、是齁。」不停，陳照應3問她睫毛怎麼刷，她就說：「是齁。」答覆顯然離開了問題本身，問題就在這裡。陳照應4是個牡羊座，以為來到鄉下可以看到滿山谷的羊，說你們這裡不是清境農場？陳照應5最誇張，拖著登機箱，逢人就說：「我跟我媽媽說我要『來去鄉下住一晚』。」接著話題引爆，「我也有看，我有看『來去鄉下住一晚』。」陳照應6信誓旦旦說：「他每集必看，還說好想去日本喔。」

陳照應是男也是女，陳照應是網友，是神，是你、是我，是陳哲斌。

華燈再升，天黑，村仔口都在放煙火，鞭炮可炸毀一座廟。陳哲斌老早說過：「今天不是來吃飯，是來跟清水祖師過生日。」陳哲斌捧著清水祖師的神像，坐定位，網友忽然都肅然了起來，陳哲斌說：「現在祂是我最好的朋友了。」

一時之間，燈全滅，人群擠在棚下八仙桌旁的燭光下取暖，他們說冬天有燭光好溫暖。人人高舉一炷香，眾神秉燭夜遊，彼此碰觸身體，重低音響奏起，感覺土地的心臟在彈跳。有人跳舞，學八家將踩踏神的舞步，索性借了女孩化妝品塗臉上，塗。眾人歡呼，跟著下去尬，地板動作，陳照應7尬不過，上衣，連鎖效應，大家忍不住脫掉襯衫領帶西裝褲，解開小禮服。男的幾乎不想再穿衣服，靈魂、soul、靈魂。茫酥之中，女的還穿比基尼，被噓，說這裡不是墾丁，看見藍天，海鷗、珊瑚礁、海鷗，鷗鷗鷗……陳哲斌陽光笑容，跟著脫、脫、脫。

喧譁浪潮蓋過了煙火聲，陳哲斌是座島嶼，跟著無數陳昭應1234567，潛入未知的世界。

陳哲斌說：「對，就是這種感覺。」他鼻頭貼著陳照應8，陳照應8網路上注意陳哲斌很久了，幾乎下載他每一張照片，是真的迷戀。但陳哲斌說：「太複雜了。」推開她，轉至陳照應9，陳照應9是體育系出身，登山社、游泳隊、救生人員，陳哲斌的肌肉簡直是小巫與大巫。陳照應9，要他，而且相當肯定。陳哲斌卻問：「你可以跟我說，我的名字嗎？」陳照應9頓時化成一陣煙，消失。煙，陳哲斌製造乾冰效果，混著放了檀香，說有神的加持，我們可以更靠近天堂。這時有人撐起黑令旗，令旗划過眾人頭顱，划起尖叫聲。人群圍在八仙桌，起乩，拍敲打桌子，眾人變眾神。陳哲斌想：「我終於可以說神的語言！」他要找回從前遺落的尊嚴。清水祖師在沉睡，七彩光打在祂的臉上，苦笑？一對男女跳到八仙桌上，再也抑制不住熱情，陳昭應看見了吧？她們幾乎就要磨蹭身上所有的部位，陳昭應感覺到了嗎？祂是否帶著七八九年級生遇見了神話？此時，有人說，下雨了？大家說下雨了？不、灑水系統啟動，清水祖師也濕透了，誰都哭了，天也哭了。有人隨手啃著拜拜的蘋果，柑橘和香蕉。陳照應10帶著一個國中生就進了柴房。五六十年老古厝，今晚喧鬧不休，他們都說越暗越好，把燈熄掉、把燈熄掉。

陳哲斌，一起來啊？

陳哲斌只剩下一條牛仔褲，放眼，肉身海浪，遠古時代，暗示他，沒有人沒有說故事，忽然，他的身邊走近了一個原住民女孩。

陳哲斌問：「妳聞過土的味道嗎？」

原住民相當理性地告訴他：「有，土石流要來的時候。」

陳哲斌忽然掉下眼淚，彷彿看見他要的本土。

阮素嬌推著張痛就窗櫺縫隙，往外窺看。阮素嬌不忍，將廳門鎖上，張痛無言。

砰！的一聲，沒人聽見。因為不斷電舞曲，沒人聽見，陳哲斌覺得其實沒有聲音，他是「看見」砰的一聲。繞著三合院牽線的電線走火了！連線，起火了！火勢蔓延速度讓眾人奪棚而走，老舊厝身很快就沾染到了火，柴房硬生倒下，右護龍瞬時沒入火海，火狀像頭巨獸，撕裂著棚架與屋瓦。火苗沿著三合院燒起來了！大家呼喊著快逃，還有人以為是「特效」不願意走，顧不了，陳哲斌推廳門，鎖上了？阿嬤在裡面。他看見阮素嬌推著阿嬤從左護龍跑出來，陳哲斌本來抱起八仙桌上清水祖師衝過去，他又忽然，停在火中，熱，將神偶往火坑一扔，不要了！將阿嬤背起，三人逃出三合院，奮奔在柏油路上，最後癱軟大榕樹下。回頭。

陳哲斌回頭，三合院塌了，在熊熊火光之中。

跑出來的人全身毫無衣物，沒有出來的人是誰呢？他們互不相識？又該往哪裡去？陳哲斌穿著牛仔褲，上身黑烏地倒趴在阿嬤的腳跟前，癡癡的愣愣的。

張痛說：「攏燒掉了。袂擱痛了。祖師公也燒掉了。」

陳哲斌抱著張痛：「阿嬤，我們終於可以離開那裡了。」

陳哲斌還說：「阿嬤，我要永遠在妳身後。」

張痛顫著嘴角、字句分明地說：「安、全、了，安、全、了。」

●

少年陳哲斌，上新聞，被判刑，關幾年。當年這場火燒掉了三十四條人命，陳哲斌都不認識，警察問他：「他們是誰。」陳哲斌搖頭。警察再問：「那你叫什麼名字？」陳哲斌沉住氣，心中非常篤定，一股暖流淌在他的胸口，割過他心中的本土，和阿嬤相守三合院的十多年時光，每個畫面投影刀片般在他的腦葉依序播放……

他依稀聞到了檀香味，誰來了？

這是第一次，有信心，而且覺得很有意義，厚實，充滿內容。

他流著眼淚，清楚地告訴員警，告訴這土地、這世界：「我叫作陳哲斌。」

本文獲二〇〇九年打狗文學獎短篇小說佳作

繁星五號

蘇典勝每天開著烤銀光黃色的繁星中學校車，像發光的黃箭口香糖穿梭在臺南縣境的幾個鄉鎮間，反覆路線，駛過這塊土地的開發軌跡，歷史的軸線。他進入繁星中學當校車司機是在二〇〇七年的九月，開學季節，他也是新生上路。而他兒子蘇保詢則剛死在同年夏天，蘇典勝想起兒子被車撞倒在善化鎮精英補習班門口的那個雷陣雨午後，中山路上積水成河，他以為、說不定保詢是臉趴在水灘裡，無力地看見自己把自己溺斃。曾經蘇典勝也揣想過，要讓蘇保詢進入繁星中學就讀，教育問題是他關心的，至少他還是流浪全國的準國文老師，但他更關心唯一兒子的人生圖像，充滿故事性。只可惜父子時光凝定在蘇保詢上國一的那個夏天，來不及寫下的路途，後來，蘇典勝恍恍惚惚地走了一遍。

●

蘇典勝中等身材有點壯，菱角嘴，都三十九了還跟隨年輕人戴副黑框眼鏡，見了他的人總忍不住喊聲勝爸，黑白藍三色 polo 衫、米色工作褲成了他一年四季的打扮，不過時，理著日系平頭，鬢角推光光。他常跟學生說：「基本款就好。」彷彿當一切脫離軌道，就是迷失。蘇典勝失業的那個下午同時失婚，他親睹了妻子與同校物理老師在導師辦公室的親密行為。隨後，雙手抱著等待鐘聲的三大疊〈赤壁賦〉講義，失魂地先走到教室宣布「同學自修」。再一個人叼根菸繞四百公尺紅操場走了三十圈，打轉，上體育課的學生從他身旁跑過「老師你放空啊！明天不考試好嗎！」蘇典勝丟了個眼神給這群踢著紅土的孩子們，從來蘇典勝與帶過的每個班級總有深厚情感，一如再世家人。「怎樣的老師，就有怎樣的學生。」這是蘇典勝在校務會議上，洶湧砲火對著彼時教務主任撂下的話。「沒什麼過不去的啦！老師，你的背影讓整個校園都沉重起來了。」穿越他身旁的每個學生，彷彿都是救命的浮木，繞著他，丟還給他課堂上說給學生的每句話，蘇典勝捎了一眼回話：「這麼有詩味的話，哪個老師教出來的啊？」不忘記自己，蘇典勝與學生們一起浮沉在這校園的海域。他隨口吐出淡煙，如同換氣。

隔天蘇典勝親自到校長室求辭並且結束十年婚姻。他帶過的每班學生都到校門口送他，蘇典勝開著他的馬自達，搖下車窗與學生作別，蘇典勝永遠知道自己在做什麼，當生活即將脫離了正常軌道，生命本質便跳出來咬他，跟他說，你快變成不是基本款的你了。

離開一座校園連帶離開一段感情。蘇典勝為自己人生重新命名，他帶著兒子離開與妻生活的公寓大樓，重新賃居臺南善化鎮外的繁星建設上，陽臺一覽環山小鎮，遠方山頭的高壓電塔排序剛好讓眼眸一圈，旋轉，蘇典勝低頭看街道上的車流，便利商店號誌，錯落的三合院點散在小鎮臂膀的每個關節上，典型城市與鄉村的混搭。「這小鎮還在呼吸。」蘇典勝是這麼以為的，他無法輕易割捨三合院散發出的時光氣息，姑且稱之為，臺灣式人味。所以他來，帶著兒子共居於半空中十四樓的二十坪公寓，過去的人生已經被他寫下了，如今，他是婚姻與事業上的流浪漢，他開著馬自達載著要上國一的兒子蘇保詢繞鎮而行，新生上路。

他跟保詢說：「爸爸媽媽無法再生活下去，爸爸經濟能力比較好，我會陪著你長大。」保詢坐在黑色車廂內，這是趟為媽媽送葬的路，這車，忽然像靈車。

他問保詢：「喜歡這裡嗎？」蘇保詢說：「中華電信什麼時候來接網路。」

他還說：「繁星中學就在我們新家附近，老爸覺得繁星辦學還不錯，他們也缺國文老師，爸爸想跟你一起上繁星。當你的國文老師。」

「好啊。」蘇保詢菱角嘴，沒有口氣的話，吐出時總像在微笑。

「以後你結婚，可不要把爸爸丟著，我們死都不能住太遠。」

「爸爸，其實根本沒有你想要的繁星中學吧？」

蘇保詢一百四十三公分，矮小一尾，副駕駛座安全帶將他綁得太緊，以至於他扭捏不定，蘇保詢說：「爸爸開心就好。」保詢的身形隱沒牆壁，蘇典勝又太過於鮮明。馬自達駛進了繁星建設地下停車場，父子進入地底，展開新生活。

●

繁星中學今年要新聘一個國文老師，條件碩士學歷，最好有任教經驗且不排斥行政。蘇典勝頭遭走進繁星中學，充滿未來感的教室與後現代的建築設計彷彿來到另座星球，然這校園卻被媽祖廟、玄天上帝廟與基督教堂給環繞著，神在，神的懷抱。蘇典勝完全被這矛盾的美感給震懾。他走進筆試會場國一A班的教室裡頭，已經忘了同時跟他競爭的流浪教師四百三十人，錄取率0.25%。他已經開始想像幾個月後，蘇保詢就會坐在國一的教室裡頭，也許就是這間教室、同個座位。也許他變成保詢的國文老師，跟他一起閱讀與考試，同學們或羨慕或驕傲的口氣對保詢說：「你爸是國文老師耶，好羨慕。」他心裡的父子構圖拉出長遠的景象，那時候，蘇典勝是感覺幸福的。

新科單親爸爸蘇典勝與兒子共築時光，缺席的媽媽並不構成父子生活的困擾，蘇典勝當婚姻是生命中的一種潮流，在不違背世俗目光之前，退到最後。他可以是個完美的父親，是的，也可以是個婚姻失敗的國文老師。每個晚上父子開車鎮上尋覓晚餐，蘇典勝總說：「今天吃日本料理？」蘇保詢便答聲：「爸爸喜歡就好。」有時興致一來便驅車往臺南市而去，車過新市永康與縱貫線鐵路平行，蘇典勝便把車窗搖下哼起歌來，父子的馬自達K歌場，唱一首周杰倫的〈黑色幽默〉；有時則是海安路上的街頭咖啡與裝置藝術，聆聽〈南都夜曲〉感受安平港吹來的風；又或是職棒熱戰的夜晚 La New 熊，全套加油裝備地走進外野區，跟著一起喊到沙啞，隔天蘇典勝上課麥克就要調高音量。曾經是這樣的，蘇氏父子說走就走！說我們去搭高鐵，他們花一個晚上從南臺灣滑向臺中烏日站，且轉計程車繞迷離臺中不夜城畫圈圈，再連夜坐和欣南下，父子像在逃亡，回程車途，蘇保詢睡在爸爸的手臂上，不張燈的車廂內，窗外是深夜的彰化平原，蘇典勝感覺歲月彷彿在上游，川流的瀑布與碩大的裸石橫躺在現實河床上，越激昂越精采。當他低頭看見保詢如同置身於遊樂園的酣夢中，沉睡的臉龐有甜甜的氣息，不張燈的車廂內，他感覺平穩，車靜靜地過濁水溪。

二〇〇七年對蘇典勝而言是不須註解的一年，所有的解釋都在對話之外，無言地，繼續上路。二〇〇七年夏天，他剛送蘇保詢到鎮上的精英補習班補習國一先修課程。天色正如同他的馬自達車身一樣黑。他回家開冷氣電視電腦上網查詢錄取名單，不假思索，搜尋到了繁星的網站，當它鍵入 **Enter**，榜上無名。那時候，窗外開始下起午後雷陣雨；那時候，蘇典勝在二十坪的公寓內焦躁地全身像起了酒疹，無頭蒼蠅蘇典勝，大雷落在陽臺與他垂喪的頭顱，轟隆隆巨響。蘇典勝試圖冷靜地在公寓內迴轉二十圈，到廚房到臥房到陽臺到保詢的房間，他到浴室沖澡，迅速褪去身上衣物，彷彿最好順便脫掉靈魂，他垂目看見自己壯年的身軀，生命地形，水聲雨聲的匯流，如來到生命的中下游。中山路上已經積水成河，客廳電視新聞傳來土石流災情。

也許是蘇保詢打電話回來的，否則蘇典勝在浴室內，怎聽得見客廳電話聲，他開始常常懷疑一切，而聽見看見故事之外的一切。那是二〇〇七年的夏天，蘇典勝剛結束十年婚姻十年教職，當時的他並不知道，他還要結束十年的父子情。後來，他曾在開著繁星校車的途中恍惚地想起，那天急診室內，無表情的他，迎上兒子閉目如嬰孩的面容，如同當年蘇保詢出生時的雙眼，蘇典勝看得出神。他記得，蘇保詢沒有流半滴血。

「蘇老師，保詢顱內大量出血，胸腔也受到大力撞擊，情形很不樂觀。」

急診室的護理長是蘇典勝第一年當老師時學生的家長，他立在急診室走道，靠著冰冷瓷磚，看見救護車往來急診室的車道，救護紅光迴轉打在臉上，像佛祖拿著生命探照燈每五秒對著世間蒼生打光，嗚笛聲嗚嗚唉唉，護理長說的，五秒之後，他全聽不見。

佛祖就這樣略過了蘇典勝。

蘇典勝不打算認了兒子已經死了，站在急診室外，痴愣無言。他尾隨醫護人員推送蘇保詢到地下室殯儀館，極地長征，這麼冷。蘇典勝落寞跟在後頭進電梯，一行人關在冥府時光機，當電梯開始離心下墜，他抱頭痛哭起來，頹喪地靠電梯玻璃鏡面海嚎，看見自己面貌，蘇典勝。電梯門開啟，黃泉路口延展開來，他看著蘇保詢離了他，再漸漸隱沒在轉角走道，再過去，再過去就不是蘇典勝可以說去就去的地方了。

二〇〇七年蘇保詢死了，並不在蘇典勝的人生計畫之內。

蘇典勝再度走進繁星中學，這次走進了學務處人事組，他剛從火葬場離開，身上還沾染著枕木香灰。他是在繁星中學網站右下角看見應徵校車司機的公告，這般堅決，在蘇保詢缺席的往後生命，他將會輾轉填補這段學習生涯，非教師姿態，而是開車載他上下學，陪著蘇保詢每個晴天雨天，好爸爸，絕不會是預言。

「蘇老師啊，你國文老師不當，來開校車啊？有病啊？其實你差一點點就錄取了。」學務主任滿臉狐疑地看著蘇典勝，這番話，湊緊了學務處每個人的眼光。

「我父親是在中連貨運工作，他以前要我也去考遊覽車執照，說開車沒什麼不好，沒想到真的派上用場了。當老師是我的本分，但是，可以當個會開校車的國文老師，這應該是全國唯一了。」蘇典勝語氣篤定，是下定決心。

壯年美好的蘇典勝，拎著鑰匙走進繁星中學校車車庫，尋覓屬於他的繁星五號校車，〇七年的開學季節，他看見校園內十三四歲的孩子們在陽光下盛開的笑容，新的開始，他躍上銀光黃校車，白天發光體，引擎聲傳來故事序曲。學務處給他的路線是學校——善化糖廠——善化大成國小——善化成功啤酒廠——善化茄拔——學校。他開始每天早上五點起床開著他的黑色馬自達先到學校報備，反覆路線的像是他三十九歲這年的生命軌跡，深入南部鄉鎮的土壤，文旦香麻油香芒果香。這沿途的風景都讓他真切感覺到故事在經過，而路線是他新人生的路，他習慣在每天複製的路程與擺盪的時速中，養成另一個自己。

蘇典勝告訴自己，「有選擇能力，就是一種快樂。」

還有，「當我是病人，當然，當我也是正常人。」

但，「我覺得這是你的尋子之路。」蘇保詢世故口吻對著蘇典勝說。

但，「勝爸，你讓我覺得這三年來，你只是在問自己，到底去了哪裡？」張靖妤，善化大成國小站的國一新生，數理資優班，髮型剪得跟楊丞琳一個樣。

「但是不要忘記我們要下車了。」這是張靖妤最常衝到車道樓梯口告訴蘇典勝的話，蘇典勝開車像在找什麼，總是忘了靠站。

「我跟你們說，人活著啊，絕對有算命師都料不到的地方，你也許是第十三個星座、第十三個生肖、你也許是佛祖都 miss 掉的人！信不信！」蘇典勝都三十九了，也許，十多年來與學生們搏感情，蘇典勝怎麼看，言談舉止就是有點年輕。

蘇典勝當校車司機的第一年，依然 polo 衫米色工作褲不變造型，帆布鞋是後來八班蘇保詢送他的生日禮物，黑色 All Star，蘇典勝穿著它，熟男教師，繁星上路。他很快地與車上的每個學生熟識了起來，人格即車格，彷彿成了專屬司機送他們上下課。好比施威銘是國一五班的班長也是校車車長，施威銘全勤不缺席，全校名次永遠個位數，蘇典勝都叫他 swimming，swimming 是典型的教育體制白老鼠，考試總是不知道從哪裡準備起，寫過的參考書沒有一家會出，swimming 很沮喪。又或是國一六班的張胖，張胖是富家子弟，閩南語說頭家子，他在成功啤酒廠站等車。蘇典勝銀光黃校車每次駛近，張胖才會從他家的ＢＭＷ跳下來，他問張胖：「就乾脆叫你們家司機送你上下課就好啦。」張胖卻說：「可是我家司機不能告訴我國文的重點。」蘇典勝司機兼任全車的國文家教，載著這車國一新生從十一歲到十四歲，當然，三年來蘇典勝也有機會轉入教職，但他日日上下課開著校車運送這群孩子的青春時光，他甚且說：「在臺灣，教育根本走進了無尾巷。我，選擇同情孩子。」這是純粹了，重然諾，跟兒子的約定。而也許是站與站之間的聯繫讓一切顯得破碎與疏離，如循環一趟晨昏必備車途，讓他感覺日子完整。是的，蘇典勝知道他上路握著方向盤，縈繞小鎮失神地到底是在找什麼。好吧，那麼蘇典勝到底失去了什麼？

張胖曾經拿著補習班考題追問勝爸，他說：「勝爸，今年大學學測的作文題目是『失去』耶，『失去』怎麼寫啊，勝爸你有失去過什麼嗎？」

●

好吧，給答案前，我們先上路。無目的流浪地圖。

是星期一早上五點三十分天光時辰，每一秒都是新的開始。失婚失業且喪子的中年男人蘇典勝，先慣例到中山路的 seven 買一份《自由時報》與御飯團配咖啡當早餐，偶爾，他也選擇黑糖饅頭與永和豆漿邊開車邊填滿自己的胃納，他且走且笑對著樓下警衛或者路邊攤販招呼問早，熟男教師，心情好，偶爾也為自己無心失眠地哈欠感到困窘。曾經是早餐店老闆娘說的：「蘇老師啊這麼早，幫兒子買早餐啊？」蘇典勝怕場面不能收拾，迅速對上口氣就說：「我兒子……不在了。」會是臺南獨有電臺 apple line 的音樂 non stop（悲傷 non-stop），所以蘇典勝不聽新聞只聽 98.7 蘋果線上，當音響那頭傳來早年齊秦〈無情的雨無情的你〉，他便會想起多年前與老婆的某個情人節，但他念頭轉得快，如同他的方向盤打圈打得快；更多時候，他想到蘇保詢最愛的周杰倫，還不多久，他陪著保詢到臺南大遠百去參加周董簽唱會，號碼牌還是當時學生替他留的。蘇典勝跟著保詢聽周董，還把周董歌詞放在國文段考考題。少了保詢之後的小公寓，每天，蘇典勝打從客廳牆邊走過，看見電視機上擺放父子合照，二〇〇四年蘇保詢國小運動會，大隊接力之後蘇保詢撒嬌親了蘇典勝的臉頰，陽光退成底圖，散成霧，蘇典勝常常望著便笑著哭出來，夜夜，他窩在小公寓像是無期徒刑的鬱卒，活蘇保詢死後的日子。於是，當勝爸的繁星校車駛出學校，他再度上路，這次，學生們沿途等候著他，他便不再是一個人。他開車總掛記學生們不能理解的國文題目、生澀成語、寫不出的作文，還跟蘇保詢討論教育時事，送他們參考書。蘇典勝小心翼翼生活著，觀看世界小動作，好讓自己清楚意識到他還是這小鎮這車廂的血肉，在不停流轉的旅途中，拼湊自己。蘇典勝是個清楚明白所作為何的人。「你越異常就越正常。」這是繁星五號上，蘇保詢對他說過的話。他車上的每個孩子都是他的老師，蘇典勝想像著，是他教出了一車通情達練的乖寶寶；還是這群小鬼頭，教出了一個過於透澈事理的自己，三十九了，他到底還有許多沒學過的事。「孩子，你是我的導師。」位置互異銀光黃色的車身內，繞著開發中的善化鎮而跑，臺南縣還是活著的農業縣。「孩子，牽著我上路。」那麼，善化糖廠的施威銘依然與一票睡眼惺忪的孩子站路旁，手上握書本。車長施威銘帶頭魚貫上車，蘇典勝說：「swimming，你要讓自己失控一點。等車就好好等車。別把自己塞在框框。」施威銘說：「我昨天補習補到十點半，今天還要考三科，很多很煩。」囉唆一如蘇典勝，三年司機生活他參與了這群孩子的成長，第一個踏上繁星五號的施威銘已然拔壯成一百七十公分小型男，留著棒棒堂男孩髮型，蘇典勝想起一百四十三公分的兒子保詢，現在也許能看更遠，有著愛慕女生，會大清早在浴室上髮蠟，讓髮型豎立像某年世足賽貝克漢。每天，蘇典勝見證他們的成長之路，也見證自己漸漸老去。於是當繁星五號過了善化糖廠，經善化國中過善化游泳池，沿途穿越前些年仍是墳場如今已成了快車道的新外環，到大成國小站。張靖好從大成國小小妹妹變成了繁星小正妹，男生開始跟她要電話即時通部落格，張靖妤等車的時候竟在路邊呼呼大睡起來，蘇典勝便知曉這女孩回家不讀書的都在網路敲敲打打徹夜不眠，成績從全校前十掉到五十名外，張媽媽好緊張地沒打給導師卻打電話給蘇典勝，要他多多關照靖妤，所以，蘇典勝也申請了即時通在網路上面跟張靖妤長談，偶爾也要使用表情符號火星文。蘇典勝心想文字流變流到最後只剩下一張會哭會笑的臉，這還真是個什麼表情都不太對的時代，日子在蘇典勝的手指冒出一個驚嘆號，跟他說：「哎呀！恰如其分就好，基本款就好……」

「靖妤，勝爸跟妳說，做妳該做的事，妳要知道，妳不是只有妳一個人，還有，我發現妳不會使用火星文，張靖妤。……」

「勝爸，用火星文很丟臉耶，超像臺妹的。」

蘇典勝心想，這車小孩真的不一樣，這車孩子都像他。那晚張靖妤忽然就在電腦彼端消失了，蘇典勝等在電腦前面沒人上線，越來越慌，像再度被孩子遺棄。

最後站，乘客登門而上，驗收車票時與蘇保詢對上了眼，不帶半點訝異，是真的。蘇保詢繞車廂一圈沒位置，旋即坐到駕駛座旁。

「這位置是留給我的吧！」蘇典勝聽了笑笑，好像這一切是他寫下來的，他都知道了，「隨便你坐啊。」三年前那天起，他就是繁星校車的副駕駛，駕馭著蘇典勝的繁星之路。繁星之路，蘇典勝想起曾經與蘇保詢的約定，等在前方的依然是夢想中的那所學校，蘇保詢如約而來。蘇典勝常常對蘇保詢說：「你跟我兒子真的長得很像，而且他也叫做蘇保詢。」

「這車子哪個人跟你兒子不像？哪個不叫蘇保詢？」蘇保詢最喜歡把話說死，但他是個活理活氣的人，田徑隊熱舞社，眼中有方向，蘇保詢不大理這個世界，每天上下學坐到勝爸隔壁來，蘇典勝陪蘇保詢長大，線性生活；蘇保詢陪蘇典勝走過尋子的路，時間每天在放學片刻往後倒退。蘇保詢乖乖聆聽蘇典勝的口述回憶，適時補上一槍，嗆蘇典勝。這段路，事實上沒有地圖，但他們都要去繁星，至少，還有地方可以去。

「骨灰罈我不能帶回家放啊？」

「不行啦，這樣你們家會衰啦！子孫毛病會很多！」

「啊不然，乎我一半，一半放在骨灰罈裡面。」

「蘇先生，你頭殼歹起啊！這樣你兒子不就分屍，放在塔裡就好啦，卡熱鬧！」

等待下課鐘聲的蘇典勝，靠在繁星校車安全門望著校園與上體育課的學生，想事情。放學五點十分，夕陽打在銀光黃校車，孩子們疲憊的上車，像浴著金光走進佛界，汗臭味與濕透的運動服。「每次踏上勝爸的車，我的疲勞都不見了！」張靖好上車時順道對著蘇典勝說。十二月的黑夜特別早，天氣冷的時光，車上小孩安心地睡著了，蘇典勝點了盞睡眠小黃燈，像哄騙新生兒，他哄騙一車子青春正盛的國中生，這車，是娃娃車。

緩緩駛在回家路途，走道上層暖氣，車速如此緩慢，像慢行省道上的行星，地表上燈霧氤氳。朦朧地，移動的國文教室。蘇典勝還選了張施威銘送他的陶喆，車廂裡歌唱〈Dear God〉。當路燈爬出，夜色，於是滿載聲音。他看著睡一旁的蘇保詢，滿足地笑了起來，想像一定是那樣，當他在小公寓因想念而無法入眠，這個蘇保詢就是他的安眠藥，這群孩子就是他的鎮定劑，Dear God，這世界上鐵定有老天都瞎了眼看不見的地方。於是，不認了兒子真死了。天色已經全黑，蘇典勝送走每一個孩子，下車，他們有點睏地與蘇典勝揮手道別，「勝爸，明天見！」這是蘇典勝每天最害怕的時段，鬱悶血液往往伺機奔流，彷彿，再下去就沒有了，彷彿，他還是一個人無法與他人連結，斷線，一人住在單人公寓心碎之屋，曾經是他說過的：「你不是一個人。」但他無法說服自己此時此刻並不孤獨，他是個國文老師兼任司機，寄生思念長路蔓延，Dear God，他是個離了婚且失了業的中年男人，兒子剛死，高學歷卻來人生的出海口，停紅燈時，他老覺得就是永遠了，當綠燈亮起，人車洶湧而來，蘇典勝就感覺憂鬱。

「勝爸，你勒哭殺毀？」蘇保詢揉著雙眼，對準駕駛座的蘇典勝，口氣倒像他是蘇典勝的老爸。

「沒啊，哪有哭，歌太好聽。今天好冷，等等下車要穿上外套。」車過善化平交道，一列自強號北上而過。

「勝爸，你是不是想到你兒子。我真的跟他這麼像啊？」

「一模一樣。」蘇典勝揚起菱角嘴笑容，一種得意，和酸。右前方超出一臺發財車。

「你要好好振作啦。你都三十九了耶！」蘇保詢將安全帶解開，整理起了書包。

「保詢，我很好。可惜你要下車了。」蘇典勝切換方向燈，漸漸向右，靠攏路旁。

「你自己要保重，我總不能一直陪你。再見。」

蘇典勝總在送走孩子們的路上，頻頻回望，「我總不能一直陪你」，孩子們坐在他的車上，學校與家在前方。蘇典勝的教材：「站越遠越好，越遠越清楚。」可現在他執迷車前玻璃，緊咬前方快遞箱型車與南客運國產車不能跟丟，怕弄丟了自己，時速只剩五十，車上孩子已經走光，現在，他是單車上路了。蘇典勝沿途軌跡，錯落時間。他的過去現在與未來都寫好了，無聲地，蘇典勝想到結局便無名淚流滿面。站越遠越好，這魔幻校車，銀光黃車體繞著小鎮一天，南部稻田與果園展示著四季時序，早些年農夫牛車還挺多，農用店林立。當科學園區進駐，鄰近小鎮開發速度，讓開著車的蘇典勝常常晃眼便錯過了一棟大樓、半毀三合院。高鐵整點經過，汽車旅館與南二高大量車流湧入，蘇典勝的繁星五號忽然變得好小，光源微弱，他放低車速打算在入夜後慢慢開回學校，讓自己融入這片黑。這小鎮是整了型、失去性別的男相女相，緊實的皮膚不浪費一點空間，高聳的鼻梁是潮流的工作大樓，看不見的黑眼圈則是燃燒在半空中小房間內的一爐炭。這是個中性的時代。蘇典勝失神航行在善化海域上，他顯得格格不入，懷疑這一切，包括腳踩的油門與煞車。

車窗外，濃濃的夜，蘇典勝忽然在車流不息的省道上切到外線等待迴轉，來車激昂喇叭聲長驅直入這悲戀公路。他掉頭，開著繁星五號往火葬場飛去，銀光黃車體加速駛離人間場景，如光束切割民宅蔗田小廟加油站，龍貓車，站遠看如此清楚，是的，蘇典勝坐困車廂感覺溫暖，車窗外是冷氣團驟降的五度，把蘇保詢留在小小的骨灰罈後，事實上蘇典勝每一天的生活都動彈不得。

於是，便有那麼新的習慣，最後站蘇保詢下車之後，蘇典勝開車上山往火葬場附屬納骨塔，他想像蘇保詢一直坐在車上；又或者蘇保詢在納骨塔前臺階等著上車，那麼蘇典勝便該去接他，再驅車下山隨意挑選館子吃晚餐，想像就是那樣，從來都是正常生活步調，不會改變。儘管，蘇保詢常常懷疑一切。

●

如果不意外，繁星五號越山巔凌駕海拔往山頭納骨塔的途中，如果不意外，山邊屋舍裡的婦人會看見一名壯年男人，表情時而興奮時而就要哭泣地駛過，當這是夜中飛行的陰陽船渡來此地運送亡靈，路邊人家也覺得家常。人間鬼域沒有分際。這是個中性的所在。蘇典勝已經不當這世界是一回事了（他說：我兒子……不在了。）他沿途灑冥紙，循江湖規矩，入夜舉車出沒，他當另外個世界是那麼一回事。車爬坡而上，整座山浸泡墨汁，放下車窗便能觸及月亮，撈星星，帶給保詢當祭品貼滿他的天堂。蘇保詢就住在最逼近天堂的天堂，兩旁路樹延伸長成黑色海，車頭燈打在路邊火葬場指標與臨時告別式的帳棚上，途中還有許多等著入塔的新魂，這山，是座中性的山。車到納骨塔前廣場，蘇典勝熄車火，站山邊，看見腳下萬家燈火入眼簾，再溢出雙眸。他起身走向塔身，納骨塔入夜停止參觀，進不去，拾級而上，掉頭遠望臺南縣境鄉鎮面容。他不時凝神盯著腳底千萬墓碑，瞪著，他相信，隨便指認都是故鄉人，連連看，都能連出臺南系譜。有沒有，就是左鎮永康善化新化官田麻豆佳里，跑不掉的，死，都不能住太遠。所以蘇典勝回頭仰塔頂，他作勢舉杯對保詢敬酒，蘇典勝笑著說：「爸爸真的很想你——很難過——孤單——怕我以後就這樣一個人。我們死都不能住太遠。」蘇典勝，淚流滿面，立在天地間這樣的臺南冬夜，他再度舉杯邀請四方鬼神共飲，苦酒入喉，蘇典勝留下另一個蘇典勝在現場。銀光黃車尾巴消失在轉角山壁，無名風起揚起冥紙如黃葉漫天，蘇典勝的繁星校車慢慢回到人世間。

●

「你兒子那個塔位不好，會影響老爸的事業，位置坐太高，比你們家的公媽還高，沒大沒小。」

「蘇先生，你的命格沒子。你就是來普渡別人家的孩子，你應該是作老師齁，我就災。老師款，老師板。真將才。你老師不作，跑去駛車。頭殼真的歹了。」

於是，他也想請鎮上的上帝爺公給他一個位置，說書人上帝爺公寫了一個有著蘇典勝這角色的腳本，蘇典勝在情節換場中，偶爾撿幾句話來說。蘇典勝問不出頭緒，他倒覺得，他才是上帝爺公，那些鬼話，蘇典勝也說得出來。

「勝爸，譬喻法到底分成幾種啊，你上次說所謂明喻就是『蘇保詢長得好像我兒子』用『像』當作喻詞嗎？」施威銘生活元素入題，他真的很想知道，到底要怎麼準備未來的考試。

「蘋果線上98.7，接下來要聽的歌曲是來自周董，周杰倫在二〇〇一年的作品，〈爸我回來了〉……」

「勝爸，我跟你說，張胖今天國文周考考三蘇是誰他不會，他居然寫蘇典勝和蘇保詢，自己亂掰還加一個蘇不起。」

「勝爸我們就要畢業了。你沒有不來的理由……」

●

車已無站可停，蘇典勝與這車孩子們三年緣分已到盡頭，移動的國文教室，會開校車的國文老師。放學前，蘇典勝不知道去哪弄來卡拉ＯＫ裝在校車內，他得意告訴自己：「簡直是酷炫到沒話說。」他還買了聖誕小燈泡串在每個座位上頭，四十二個座位千萬不能錯過誰誰誰的頭，他小心翼翼試著電流感受明亮度和熱度，亮一點或暗一些也好。當他對著無人的校車說 test、test，車上彷彿坐著兒子嬉戲地說：「爸爸聽到了。」蘇典勝便揚起拋物線笑容，跟兒子相像菱角嘴，笑得好靦腆，「那我們要上路囉！」於是便假裝成超人的做出 super 飛翔的姿勢，或轉動方向盤以為行駛在銀河軌道或者鄉村田埂上。蘇典勝富節奏感，還會拍打雙腿與安全氣囊，學蘇保詢抖動全身骨頭像電流，「我學會了！」驕傲的拍子落在關節上，蘇典勝的世界似乎就要亮起來。他想像小朋友上車後瞪大雙眼入座，個個看得出神，爬滿各色玻璃紙的窗一時都成了任意門，假想，開了門，到底會是哪個地方？忽然蘇典勝拿起對講機高分貝播送：「等我們出了校門口，我們要好好慶祝一下！今天我們都要畢業囉！」

畢業典禮人潮淹沒繁星校園。快門聲與花束。畢業證書和眼淚。蘇典勝的繁星五號正熱車，陽光真好，駕駛座上，他望著每張稚趣的臉從他的車旁走過，蘇典勝迫不及待想與孩子們分享這特地準備的故事，期待他們上車時為他的精心準備不斷驚呼，露出興奮的表情，成就感，父親。蘇典勝也開始思考自己生涯規劃了，但他想好好跟孩子說說話，交代，他給了自己一個位置，安置孩子的青春時光，蘇典勝不知道他已經放太多了，他覺得自己也許可以再婚、可以進修、可以出國，種種假設納入中年蘇典勝時代，但他感覺要給孩子一個句點，圈住繁星五號喜怒哀樂，才得以往前走。此時忽然有人敲打他的車窗，學務主任說：「蘇老師、麻煩你車子開到圍牆外，好方便家長的車子進出好嗎？」蘇典勝說：「好。可是我怕小朋友等一下會找不到我耶？」蘇典勝邊擔憂著邊將車駛往圍牆邊，車體乍像圍牆長出的息肉，好多餘。蘇典勝且等且見家長的車一輛輛疾駛而過，彩色氣球漫天飛，紅橙黃綠藍靛紫，蘇典勝開始覺得有點久，沒有人上車。他等不到有人上車，蘇保詢呢？孩子呢？典禮結束，人潮車潮漸漸散去，綠燈恆亮著以免交通打結。沒人跟他說再見，蘇典勝可以感覺燥熱自內臟升起，火氣一路延伸到食道與口腔，他下車東張西望，煩。學務主任和家長寒暄完走來告訴他：「今天孩子不是被父母接走，就是去謝師宴了！蘇先生，今天沒人要坐校車直接回家的！人家可都是有家的！」

「喔！」蘇典勝喔了一聲，來不及回神過來，喘噓噓地離開校車，走向繁星中學紅土跑道，開始繞圈圈，魔幻校園，他看著校園旁的媽祖廟和玄天上帝廟，他也想起耶穌基督，蘇典勝在校園內哭起來，忽然他就老下去了，恍惚步出校園，不知道該去哪裡？

本文獲二〇〇九年吳濁流文藝獎小說佳作

神轎上的天

媽祖婆感傷了起來。

女大生陳錫雯租賃在東海別墅新興路上的小套房只有四坪大，她簽約時只跟房東要兩樣的東西：最快的網路和一張床，其餘家具通通移除。三年前離了女生宿舍進駐的第一天，她騎著剛從南部配送過來的紅色 Mio 到永福路的愛買採買，毫無臺中上路經驗的她，沿途在中港路飆速一百超過四輛臺中客運，還差點在地無三里平的福科路撞到統聯市內公車，陳錫雯車身一壓就滑過去了，根本沒在怕。但誰知道這小辣椒只有一百五十公分高，綁個馬尾，露出臉蛋才一個巴掌大，她眼睛裡頭有水，仔細看，很容易就掉進她的世界，追她的男人常常走不出來，失魂地在她租屋樓下要跟她見一面。陳錫雯一點都不想談戀愛。她的樣貌正如同臺南阿公形容的：「阮孫仔水甲沒底比！」那麼，陳錫雯是自信到底了。她推著購物車走進大賣場時，好幾個櫃檯店員便打量了她一番，可陳錫雯只穿了**T-shirt**牛仔褲和勃肯鞋就出門了，從不化妝打扮是陳錫雯當了四年大學生的生活作風，但她很難讓人忽略，走過燈飾區時，所有LED燈都黯然失色起來，陳錫雯逛大賣場看出風格，她直接對著上貨中的員工問：「請問空心磚在哪裡？」直走右轉角落就是了，從不浪費時間瀏覽不需要的各項百貨，「我要的不多。」這是陳錫雯最常跟小媽祖說的話。

東海別墅也感傷了起來，每天早上七點五十分出現第一次的車潮，往工業區的小客車與趕點名的大學生交鋒在新興路口，車陣從天橋一路相連到四季百貨三商巧福，烏煙彌漫大度上空，哀悽的大度臉孔卻很少落雨；東海別墅也感傷了起來，陳錫雯買來的兩塊空心磚擺靠在室內陽光最好的一面牆前，上面橫鋪一塊三公分厚的檜木板，供上一尊小媽祖，儼然也是個小神桌了。她每天早上六點就醒來，洗把臉，點三炷清香，香就插在洗淨曬乾的布丁空盒上，盒裡的香灰是阿公替她分來的。她祝禱的時候，像提款機人工語音，一套誦詞，四季播放：「信女陳錫雯今年二十一歲，從小跟阿公相依為命在臺南縣，請媽祖婆保庇阿公在故鄉身體健康，今年的芒果有好價錢，災異少，日頭多，是非少，雨水多。」

七點五十分的車潮散去，剛好一爐香過，陳錫雯便到小陽臺用環保無煙金亭燒幾只壽金，進屋內，打開地板上的那臺電腦，播送一曲網路下載來的〈天上聖母禮讚〉。音質還不差的曲調牽引著陳錫雯來到了十三歲的北港朝天宮。

陳錫雯故鄉的媽祖廟，三年一科固定進軍北港朝天宮，迎神隊伍浩浩蕩蕩，她常以為這不過就是鄉民旅行，宋江陣的叔叔每個都是她認識的，執雙斧的是國小同學的爸爸，舞雙刀的常開著發財車從家門前而過，長刀的、長棍的……陳錫雯都能一一點名，像是進香團導遊。八家將大哥哥們隔一張臉譜，卸了妝後陳錫雯還是能辨別剛剛誰是春夏秋冬四大帝君，可他們三年才見一次面。又好比扛媽祖神轎的那批少年家，他們好幾個都是平常騎著改裝摩托車，消音器拔掉在鄉內橫行，嚇得讓老人家不時破口大罵：「袂死啊！」鑾轎休息時，陳錫雯最常跑去找少年家們要礦泉水喝，各個上身裸露的肩膀上一片紅，排骨身材與有著檳榔渣的嘴角，神的壓力是如此沉重。少年家中長得最秀氣的是廖書翔，一百七十公分高，也是排骨酥一個，廖書翔今年要考大學，逮到時間就拿出口袋中的英文單字手冊開始猛背，第一志願是政大，陳錫雯常常望著廖書翔咀嚼單字的神情，看得入神。她視這群少年家為同輩，開口閉口從不加稱謂，「你在看什麼給我看！」廖書翔的目光透過黑框眼鏡流露出一股寧靜，同垂目的媽祖婆那般望著陳錫雯說：「我在看天書。」

朝聖隊伍每次出巡訂製一套排汗透氣的制服，今年是白色上衣與藍色運動褲，頭戴與街頭網帽款類似的黃帽，繡上紅字臺南。他們衣著一致更顯出他們情感一致，陳錫雯也戴上黃色小帽，哥哥們都說：「好可愛！」陳錫雯才要念國中，穿梭在氣派兇猛的武將群中從不尷尬，看見這群男人只為了一尊小媽祖，跋涉千里地流血流汗，陳錫雯覺得這就是專情，好比廖書翔。但，最專情的當然是她的阿公。

十多年來陳錫雯的阿公從不缺席在朝聖隊伍當中，他是朝聖隊伍的模範生，也是靈魂人物，媽祖婆的乩身，受禁過的，人稱「陳公來囉」。每回出巡，陳公好大氣地從不落地行腳，總要少年家們扶著他站上神轎，顧盼自得地望著眼底香客流動，炮煙如雲河，那麼他也像是來到天際了。陳公就像個活媽祖，引領朝聖大隊走進北港大街。兩旁販售北港六尺四與各式糕餅大蒜紅蔥的店家望著他，威風八面，路上是臥地匍匐的流浪漢與跑來向你兜售香燭壽金的歐巴桑，陳公高高在上，穿越人間百面相。陳錫雯走在北港大街，炮炸北港城，鑼鼓喧囂，她常跟少年家拉高分貝地說：「你們轎要扛好，我怕我阿公會頭暈。」而每當陳錫雯脫隊跑太遠的時候，便會習慣性地抬頭看天上，找阿公。

陳錫雯是阿公一手帶大的，她不允許自己想起父親與母親，對她而言，他們不如朝聖大隊裡面任何一個給她關愛眼神的叔叔哥哥們，陳錫雯真的要的不多。是五歲那年的農曆三月二十三，依然是媽祖遶境臺南鄉內的午後，全鄉都在發燙，陳錫雯站在家門前看著阿公立在神轎上，右手拿著鯊魚劍左持七星劍地從她眼前行過，依然是鑼鼓聲和鞭炮聲四起地就要震破耳膜，陳錫雯一眼就看見阿公的背好幾道血痕，南部赤日照在阿公的背上閃閃發亮，有人嘴含一口米酒，在轎底仰望阿公的背，噴上去，陳錫雯自己背脊也麻了起來，心想阿公一定好痛，陣頭依序經過，路上眾神起舞，八家將們八卦陣式驚人，宋江們封鎖大路如同護衛鄉里，不准小鬼靠近。

陳錫雯眼底看見的是神的世界，雲河流過眼前。她轉頭望客廳內，傳來喝斥聲：「恁爸忍妳足久了，幹恁娘了，妳是靠誰在吃穿？」「我嫁來你們家歹命就算了，你欠賭債去錢莊借錢，你甘有想到阮？」父親。陳錫雯親睹父親拿了一支西瓜刀，神情凶狠地從她母親的背後狠狠砍下去；母親。母親血濺在電視機與客廳沙發上，噴到了牆上阿嬤的遺照。陳錫雯的尖叫聲，淹沒在迎神隊伍中，媽祖就這樣走過。警察來了，陳錫雯還記得，阿公衝進家門那一秒，身上還穿著神衣與肚兜，手裡握著七星劍和鯊魚劍，媽祖婆已經入座大廟，阿公來不及下臺。陳公的媳婦已經倒臥在血泊裡，他看見兒子手上的那把西瓜刀，火爆地對著兒子差點揮下七星劍，警察擋了下來。阿公流眼淚，把神劍扔在地板上，像把自己丟掉、像是媽祖婆在哭。陳錫雯瑟縮在門口，分不清他們是神是鬼還是人，遠方依稀傳來鞭炮聲，說要恭祝媽祖平安回鄉。

〈天上聖母禮讚〉播完，陳錫雯坐在電腦桌前選了首〈無情人有情天〉，她的電腦音樂夾裡只有臺語歌和國語老歌，女歌手陳亞蘭的〈無情人有情天〉，歌唱：「一隻牛要賣五千元，五千元要賣一隻牛。」這隻牛帶著陳錫雯再回到十五歲的北港大街。

北港大街已經煙霧漫天，人潮淹沒在爆竹聲中，電子琴上的女人搖動著身軀唱〈眉飛色舞〉和〈練舞功〉，剛下過雨的地面，紅色炮泥積在路面，陳錫雯捲起褲管搶第一地站在最接近朝天宮的廟埕，彷彿考第一名雀躍地要跟大家炫耀，她往天上看，才發現阿公已經不在了。怎麼可以！陳錫雯展現驚人腳力，逆著人群，眼睛死盯戴著黃色帽的鄉人們，不讓自己混淆在王爺團或者太子團裡頭。她擠身在滿是男人的行隊中，逢人便問「媽祖勒?!」「陳公勒?!」急著就直接說：「阮阿公勒？阮阿公勒？」扛媽祖鑾轎的少年家們一臉疑惑，他們都不知道陳公是什麼時候跳下來的？陳錫雯急著抽搐起來，五歲之後她就沒再哭過，斗大的淚珠滾滾順著臉頰而下，任性地對著神轎內的媽祖婆嗆聲：「妳這個肖查某！妳把阮阿公藏去叨位啊！」媽祖婆也遭殃。此時，一隻手臂把她拖到路邊賣糕餅的騎樓下，她一看是廖書翔。騎樓腳邊站著她阿公。陳錫雯眼淚終於噴出來地大叫阿公阿公。陳公爽朗的說：「阿雯啊，阿公剛剛站在轎上看很多店仔在賣蝦餅和番薯餅，阿公怕等一下沒時間，先跳下來買。等等就要入廟了，妳不要進來，這些餅乾妳拿去咱坐的那臺卡車放，阿翔你帶阿雯去好了。」陳錫雯無尾熊抱在阿公的身上才發現：「阿公，你就穿著這樣，手拿著七星劍和鯊魚劍來買蝦餅喔？」阿公臉也漲紅地說：「歡喜就好啦，剛剛要付錢的時候，我險險就把七星劍刺中老闆娘了，她㚒一跳喔！實在是足趣味！」陳錫雯和廖書翔聽了都哈哈大笑起來，陳公很快地就跟上隊伍跳上神轎，三步併兩步的簡直是飛躍的媽祖婆。

陳錫雯雙手提著蝦餅與薯餅與廖書翔離了北港大街，讓鑼鼓聲與鞭炮聲遠去退成底圖，他們穿越了上百輛的小客車且與湧進的香客擦身而過，香客們不停從遊覽車而下，大多人手一尊小神偶前持一炷香，來自島嶼的四面八方，也許順便環島旅行。陳錫雯感到奧妙，她看見地上一串等待的鞭炮，拉著廖書翔急轉彎，來到了大型車的停車場。大貨車車身覆蓋著墨綠色防雨帆布，密不通風地只在帆腳處鑽進一絲光，廖書翔蹲了下來，讓陳錫雯雙腳跨坐他的肩膀上，再掀開墨綠色的帆布鑽進去，廖書翔隨後爬了進去，暗濛濛的車廂內，陳錫雯看見車底處兩尊范謝將軍的大神偶歇在車內，偷懶啊！七爺謝必安吐著長舌頭戴長帽，上字一見大吉。「好熱，阿公是要熱死我喔。」廖書翔話不多，坐在最靠近出口處似乎比較通風，他就著帆布腳下的一絲光開始看起他的英文單字，像是另一尊神偶。陳錫雯找到一箱礦泉水大口喝了起來，她扔了一罐給廖書翔：「給你喝！」廖書翔在微絲的光線中看著單字的神情，多麼專心，他轉開礦泉水瓶蓋仰角十五度的喝水模樣，瘦弱的體型與斯文的臉龐，陳錫雯不自覺看得入神。

「妳可以分辨妳阿公什麼時候是阿公？什麼時候是媽祖婆嗎？」廖書翔忽然開口問了陳錫雯。

「我覺得我可以，不過我從來沒看過他『發起來』的樣子，應該是知道我會怕。」

「妳跟妳阿公感情真好。」

「沒錯。我阿公可以當爸爸跟媽媽用，有時還可以當作媽祖婆。多功能。」

「又不是洗衣機。」廖書翔露出牙齒笑了笑，陳錫雯看見了。

「我真希望我爸永遠都不要出來，不要來煩我阿公了。我阿公把我帶大，一個人還要顧整山坪的愛文芒果很辛苦，我很想幫他的忙。」

兩人同時靜默了下來，陳錫雯坐到廖書翔的身旁：「我要看你的書！」「這是天書妳看不懂的啦。」「我都十三歲了還有什麼不懂的！」陳錫雯笑笑，眼睛有神如一池湖水，口氣倒像在撒嬌。陳錫雯看見廖書翔褲頭露出的藍色四角褲，仰頭就躺在廖書翔寬鬆的運動褲大腿上，睡了起來。廖書翔有點呆滯，但他只當陳錫雯是個小妹妹，便又靜定地看起單字來，這車像座尚未被發現的星球，星球上只有他們兩人和范謝將軍。

陳錫雯怎麼醒來的？剛入睡不久的她，感覺後腦勺碰觸到了硬物，她用力地彈跳起來，廖書翔整個人也緊張得不知言語：「我不是故意的。」陳錫雯也傻了，發生了什麼事？他們侷促在車廂內，過了像一個夏天那樣漫長的時光，熱氣氤氳在墨綠色的防雨布內，彷彿下雨了。陳錫雯說：「我……我們去看入廟吧！」廖書翔連忙點頭答應，兩人跳下車，一前一後地再度走進北港大街。

女大生陳錫雯盤腿坐在電腦前，音樂回到了〈天上聖母禮讚〉，套房內彷彿流動著聖母的光輝，陳錫雯再點上一只環香，圓盤造型，陳錫雯將它套在香爐上垂掛，讓煙燻五六個鐘頭。然後打開 word，壓低身子敲鍵盤，敲下她的懺悔書：「日頭好，宋江陣已在廟口前圍好結界，阿公交代過女身不得進入……」

宋江陣已在廟口圍好結界，白衣黃帽的男人們繞成一圈，媽祖神轎立在中央，女身不得進入，陳公跑跳了起來，像個頑皮的孩子。一時鑼鼓聲四起、鞭炮轟炸廟埕，煙霧漫天，陳公的鯊魚劍不斷往背後抽砍，時快時慢，旁人喊好時，陳公便緩慢了下來，彷彿太高興了，炮聲不絕於耳，又或是太悲傷了，陳公緊閉雙眼的神情、咬牙的痛楚，太讓人深刻。一旁的八家將「七星步」、「八卦陣」、「踏四門」的紛紛祭上，陣頭們也在烈日下盡情地擺陣，宋江陣兄弟個個神情嚴肅，神轎就要啟動，少年家們準備有請媽祖進駕，陳公踩的步伐越趨繁複，他手裡的法器一再變換，還是奮力地往身上抽打，鑼聲鼓聲更響亮了，天上有鳥群掠過。陳錫雯站在結界之外，看見阿公早已不是她熟識的阿公，她從未看見阿公如此忘情傷害自己的身體，銳利刀鋒的法器落在阿公背上的每一刀，都讓她的肉她的心也抽痛了一下；她看見微微滲出的血、她回到了五歲的現場，當天父親瘋癲的神情，以及趴跪在地上任由父親踹打的母親，那把西瓜刀又再次往母親駝起的背劃下，陳錫雯全身顫抖了起來。記憶如同幻片播放在她腦海，在眼前。媽祖婆刀刀都讓她痛不欲生，陳錫雯感覺那不是神！那是阿公！阿公在懺悔！替兒子贖罪！陳錫雯慌張了起來，她感覺阿公就要把自己砍死了，她推開看熱鬧的人垜，衝進了宋江陣鎮守的結界……

此時，陳公手上的刺球拋向半空，加速墜落在他紅腫的龍骨。

陳錫雯雙手抱緊阿公：「阿公！你甭擱操落去啊！阿公！你甭擱操落去啊！」

陳公愣了好長一段時間，低聲的說：「阿雯啊！妳緊出去啊！」

陳錫雯聽見阿公開口說話，悲傷情緒終於傾覆：「阿公你甭擱自責啊！甭擱自責啊！」

外圍的觀眾們都看呆了，有人頻頻喊：「假的乩童啦！假的啦！」「那個查某鬼是起肖啊！」廖書翔發現狀況不對勁，把陳錫雯拖了出來，陳公也因此退了乩，帶著滿臉是淚的錫雯，離開北港大街。

陳錫雯登入MSN，她很難相信這尊小綠人只要轉三圈，就能與世界連線，她從不上線，永遠設定成離線，實情是，她的好友名單只有自己一人。陳錫雯學不會與人溝通，大學生活有一半窩在房間，說話支離破碎，一個句子講不完，她到底是個孤獨的人。她的手機更神，聯絡人只有兩個，一個暱稱「阿公來了」、另一個輸入「殺人犯不要接」，還好殺人犯從來不來電。音樂來到了〈大悲咒〉，前些年被改編成舞曲版，陳錫雯每次聽到就想死，這是她最愛的一首耶。錫雯的版本比較靜定，浸泡在音符之中，也像是一種贖罪了。贖罪之路，其來有自。套房內的環香探上陳錫雯的鼻子，她嗅到了病房藥水的味道。

多年前一場大病差點讓她阿公剉起來！加護病房住上三個月，病危通知一張張地開出來，醫生卻驗不出個病，親戚鄰居捧著嬰孩頭大的水梨來探病，都說是因為我們陳公操假乩，鄉內的媽祖婆在懲罰；不然就說是陳錫雯女孩子身體不淨就抱住神明，那個是龍體耶！怎麼可以隨便抱。陳錫雯守住病房二十四小時像在坐牢，心神不寧，她覺得自己真的有罪，而且罪不可赦。她想到在大貨車上，她躺在廖書翔的運動褲上，廖書翔鼓起的褲襠，和范謝將軍的眼神。是她真害了阿公，如今接受醫療機材的凌遲，其痛楚一定超越了那些七星劍鯊魚劍……她趴在白亮的床沿上，終於明白為何阿公從不讓她看見「發起來」的樣子，那不是神威，那是懲罰！她回想父親揮下的那一刀，做完筆錄後，回家擦拭地板，擦掉媽媽的血，驚嚇過度的她瘦成十七公斤，父親的力道、母親凝固在地板上的血跡，讓陳錫雯用盡全身力氣也擦不乾淨。那時，阿公照三餐給她準備開胃菜、哄她吃飯，飯後一碗符水，據說是媽祖指示可以收驚。此時病房內的陳錫雯，覺得人生大概已經寫好了，她相信沒有人可以再愛她了。

出院後的阿公整整小了一號，他開始專心種起芒果來，彷彿犯了天條，陳公對於媽祖有種愧欠感，對於孫女錫雯，他更有道不完的不捨。他們祖孫倆與神無關地過了好長一段日子，那真是單純的歲月。陳公不再聞問神明事，退休了，他曾對陳錫雯說：「阿公對妳實在足歹勢，住院也是一種贖罪……」陳錫雯則越來越靜定地過日子，潑辣個性少了，卻多了一分古怪，整天說話對象除了阿公，她幾乎無法與人交談，很少出門，沒朋友，但每個人她都認識，大家都在盯她。她覺得罪惡極了，甚至覺得自己不乾淨，有錯、有病、有問題、殺人犯的女兒、褻瀆神明……她把自己蜷縮了起來，以為雙手沾滿血。

陳錫雯上大學那年暑假，夏天的陽光在南部的小鄉流成銀白的光絲，柏油路面彷彿可以煎荷包蛋，陳錫雯走進 seven 好涼，在那裡她遇到了廖書翔。是廖書翔喊住陳錫雯的。廖書翔沒有考上政大，他已經結婚了，現在在南科工作，臨時的而已，隨時等著被 fire。他跟陳錫雯說：「鄉下的小孩就是這樣，真的趕不上都市人。」陳錫雯聽見了許多同年小孩的心聲，她對著廖書翔笑了笑，三年前那個背單字的男孩如今化身為新婚的男人，有點小鬍碴，陳錫雯也看到了。她結了帳走出 seven，外面忽然一陣涼，陳錫雯心想，越來越多事情都與她無關了。

如此，她更加專注地與阿公過日子，以阿公為天地。七月好風日，清晨五六點就和阿公開發財車進軍玉井果菜市場兜售芒果給販仔，講定價錢，車子直接轉大山坪繼續採收，不過才早上七八點，在山坡地上淋著大日頭撿顆裝箱，陳錫雯仔細注意阿公的一舉一動不喊累，她蹲在地上仰頭接過一顆顆阿公傳來的粉嫩芒果，忽然，阿公又在天上了。陳錫雯與阿公相視而笑。他們以默契以眼神交換心事。

阿公永遠高高在上看著她，如多年前神轎上那個壯志凌雲的乩童，陳錫雯說：「那不是媽祖婆，那就是我阿公。」只是，陳錫雯前往臺中念大學，獨自留下阿公一人在那濺滿母親血液的客廳生活，陳錫雯每天都過得膽顫心驚，媽祖婆會不會隨時來要人？阿公的身體確實越來越壞？北上當天，阿公目送她坐上統聯客運，站路邊，讓南部的陽光曬得瘦小的身子焦黑了起來，這次，是不同的兩個位置了，陳錫雯坐靠窗，不再抬頭看天上找阿公了，低頭，阿公開始離她越來越遠。陳錫雯在國道上哭了起來，她知道阿公也許很快、也許很慢，也許明天，就會死掉。然後，她就是一個人了。

大四生陳錫雯課已經很少，環香燒完約莫下午三點，往往這時她才出門尋找食物，她將寫作中的懺悔書存檔，文字停留在：「所以，到底是我在活阿公的晚年，還是阿公陪著我度過青春歲月。我要的真的不多，求身體好。」音樂迴盪在〈大悲咒〉，不停止，陳錫雯便一襲檀香地走出租賃的大樓，造型是：戴上橫條紋口罩防堵街上車潮的排氣、一樣 T-shirt 牛仔褲和勃肯鞋，太輕便了，陳錫雯身上沒有多餘的配件，那都是累贅。每天下午陽光漸弱而陰氣正盛時，她就出沒在東海別墅的每條小巷弄，像抵達人間的新鬼，穿越一次又一次的眾生相。她發現這裡的人走路從不抬頭，每個女生都像從網路拍賣走出來一樣，了無新意，各色褲襪套在不成比例的腿，陳錫雯感覺視力受損，繼續往前走，國高中生人人手上大杯飲料邊走邊咆哮，耳朵流出白色液體近看才知那是MP3的耳機線，他們好厲害可以邊聽搖滾樂邊和身邊的妹說說笑笑，又或者，陳錫雯曾經目睹連續五六個單身男子徒步走在新興路邊喃喃自語好像很忙，她心想是用藍牙講電話還是真巧遇見了瘋子出巡，難道在跟神溝通？她太想知道了！鬼祟地忘了買食物，沿著大度山坡向上攀行。她還看見路邊席地大口飲啤酒唱海洋風情音樂的外籍勞工們，二三十個陣仗驚人，陳錫雯以為來到了東南亞，這時她便可以忘情地當個啞巴。她繼續走著，偶爾旋轉三四圈，心情不好不壞，只是試試，這樣能不能跟世界連線，她今天穿的可是綠色上衣呢。車子開始回堵，陳錫雯不走了，橫切過車陣，瞄了一眼車內司機不耐煩的眼神，別人的時間彷彿都停止了，她可沒有，她已經知道她的人生了。飽食人間煙火的陳錫雯什麼都沒買地回到她的小套房，開門撲面而來的檀香薰得她鼻子順暢，順便驅走特大號臺中蚊，時間來到下午五點半，她替小媽祖換上新茶、點上三炷新香，點亮房內的小黃燈，抹去空心磚上的小塵埃，儼然就是個小神壇了。陳錫雯語言一致：「信女陳錫雯今年二十一歲，從小跟阿公相依為命在臺南縣，請媽祖婆保庇阿公在故鄉身體健康，今年的芒果有好價錢，災異少，日頭多，是非少，雨水多。」

如此她才能安穩地過日子，她知道她已經魂飛魄散。

她到陽臺用環保無煙金亭燒幾只壽金，淡淡煙霧飄向了天際，夕陽已經很深情了，陳錫雯活著的每一天，恐懼與陰影盤旋在她的世界，她不允許經文與佛樂止息，她相信她有罪，以信仰以書寫減輕罪衍。

陳錫雯的手機響起，沒有電話鈴聲，來電震動，是她的格調。她拿起手機來電顯示：「阿公來了！」

「阿公！」這是她今天醒來的第一句話，阿公。

「阿雯！妳卡緊轉來！恁阿公在等妳！醫生說快要沒救了！要送回家了！」

陳錫雯跌撞下樓，眼淚已經順著樓梯不停地往下滾動，她騎上摩托車出小巷在新興路的車潮中動彈不得，她急著對前方騎士猛催喇叭，對方掉頭對她破口大罵：「肖查某！妳沒看見在塞車嗎？」陳錫雯在心裡默念媽祖婆媽祖婆……（曾經她也對著媽祖婆說：「妳這個肖查某！妳把阮阿公藏去叨位啊！」）

困住。困在遠方的陳錫雯一直抬頭往天空看，像小時候站在門口，看見神轎上的阿公。她對著天空喊：「阿公！阿公！」又喊：「媽祖婆！媽祖婆！」

阿公！阿公……

媽祖婆！媽祖婆……

這一年，雨水剛好，颱風總是仁慈。今年的芒果價錢真不錯。

這一天，阿公是真的在天上了，而媽祖婆忽然感傷了起來……

本文獲第十屆中縣文學獎短篇小說獎

花甲

花甲二十二歲有了。

花甲二十二的時候想蓋棟房子，不用大，住得下孀婆和老父即可，房址就選在他花家家族墓園旁的廢耕田，空有地六十坪，近南二高新化歸仁路段，搭高鐵也便。田前有曾文溪，虎邊是墳，祖公祖媽一海票，都自己人，龍面是放眼十來甲的草原，不遠處走馬瀨農場，花甲天真笑想：「反正馬喜歡互通。」花甲是認真的，大學時代多次羅盤後背包地就來這場勘，外加看書習得一套風水經，水路怎麼走，南風打哪吹來，從西曬到蚊多他都考慮過。座靠新化丘陵，暴雨來會不會有土石流，花甲也都詳記在本子上了，因為花甲日日起床刷牙洗臉都會對鏡說：「到時候要席開百桌，廣邀親朋，善化請團歌舞秀，關廟阿坤師的廚藝也不錯。」這廢田從前嬸婆教職退休後在那植過九月樣，花甲記得老父和他在樣園內裝了七百箱樣仔，再開著鐵牛車一路碰碰碰的到玉井賣，於此，花甲認為具紀念價值，屋成之後屋後續種樣。

花甲延畢兩年了，賴不走，怎麼現在年輕人都這樣？填錯系的他念的是哲學，卻傾心舞臺劇與電影，「愛演嘛你！」花甲老被這樣調笑著說。花甲這兩年先是騎單車繞臺北街衢看樓，至少要二十層以上，這樣才夠格上網買支天文望遠鏡，遠眺嘉南平原，花甲實在太想在這座城市找到一點點臺南了，尋尋覓覓，終於給他看見景美溪邊屋齡三十的紅磚公寓，附電梯，捷運到得了，花甲天天都來這裡搭電梯，再轉手扶梯至頂樓，曬衣場，極家常，水塔也髒，花甲想起書上寫的：「屋對水塔，如飲藥罐，病久。」他舉目環望，沒一間樓給對上，這就是了，視野好，花甲後來持了 NIKON 望遠鏡，見辛亥方位有墳群，見前頭有水流，見後有臺北盆緣小山小丘，丘上有人家，和用來驅趕鳥群而立的各色競選旗幟，星垂平野闊，月湧大江流，花甲暗自讚嘆著：「這裡是臺南了。」

中午花甲才睡醒，醒時就想到廢田上那宅屋，穿條四角褲黑吊戛對鏡蓋屋：「到時候帶著老婆、兒子回鄉定居，也不錯。」花甲著實想很久了。而此刻，二〇一〇，大年夜，窗外狼狗暮色，間歇傳來煙火聲。他正以指腹沾蠟，在浴室抓髮，「再養條黃金獵犬，種兩行白甘蔗，和一畝容得下小舟的荷田。」他murmur，逮及後腦勺的捲度夠了，且說：「其實應該弄尊神來拜。」訝然自己怎麼在碎碎念，趕緊開冰水洗了一大把臉。看見鬚，他又躊躇該不該理鬚，關於鬚，事實上，他本想留個金城武、竹野內豐、周杰倫那種，嘖，他勉強接受，但孰知一忙，忙昏了整個冬天都南北跑加護病房宮宮廟廟，致使他現在側面像菲哥，正面像魯迅，花甲說服自己說有型，但他難免愣怔直覺看見了誰，想不起。花甲穿上奠黑羽絨衣，拎起他的郵差包，兩三件換洗衣物，上兩道鎖，輕功下樓，彈開靛青色鐵門，只是對空揮揮，便揮來了輛小黃，花甲心裡暗自笑道：

「哪天說不定可以揮來一頭鶴，給駕鶴南歸。」他對每個樣貌都相像的司機說：「木柵路四段。」司機應景客套句型：「袂轉去厝吃年夜飯。」「不是、是啦，是啦是啦是啦。」

對花甲而言，一個八〇後，七年級生，二十二，是該想想安定的事了。

●

臺南團圓飯，花甲宅配超商年菜代表他在。留老父和嬸婆兩椅相望，圍爐取暖，老父近年背脊壞，坐醫療椅，腰際穿上整脊衣，嬸婆則先在從前服務的小學獲頒名譽教師匾額時低血糖昏過去，柳營奇美住上三個月後，隨即又在家門前跌倒，跌成現在以輪椅代步，記憶差點跌光光。兩老兩椅相望，在這嬸婆名下的三層樓仔客廳，花甲沒有回來，花甲不回家圍爐已經第五年了，而今年最冷，嬸婆攏講：「就袂喘不過氣，臺南快要落雪，白茫茫的雪，臺南快要地震，天崩地裂。臺南快要缺水，火燒心……天氣會變足冷足冷喔！」老父說：「嬸仔，臺南哪有可能落雪。」𡢃婆喃喃：「恁老爸老母一九五九年死置八七水災，彼日我在教室教冊，外面風雨大，雨滴袂似雪，下埔，我就決定要飼你大漢。」𡢃婆記憶漸次退化後，黑白講話，但老父都聽，幫𡢃婆換褲時聽，穿尿布時也聽，太離譜時就笑，出於敬重一位在鄉裡執教鞭四十年，處處都是子弟的老老師、再世老母而言，老父在𡢃婆病後最常給她擁抱，然後和她「講心酸的」，比方𡢃婆常常說：「你娶某那冬，我本來暗算全家搬去日本住，𡢃仔我的姊妹伴攏置日本，誰知恁某死這早。」老父笑道：「日本妳也沒熟，妳連府城都罕少去了。」擱一擺，𡢃婆在客廳翻著民國七十六年小學畢業冊，指了張大頭照說：「咱花甲這年出生，我從這屆畢業學生的面型仔看看就知，咱花甲出生置一個自由時代。你就乎伊自由啦。親像我對你，放牛吃草啊。」𡢃婆笑嗨嗨，像偈，這樣的話卻常讓老父慌愣久久。

孤兒老父沒有家庭觀念，一輩子無頭路，最喜邀各路兄弟來家入住，八家將宋江陣未成年乩童和藥癮者，弄個麻將桌鹵素燈漏夜打十來圈，再點菸，煙燻得整個二樓漆色全掉，花甲小時候看過那牆，像爛掉的肺。從小花甲習慣自嬸婆處聽來老父的青春故事，童年讀物，是嬸婆說：「最多住過三十個人，我只好覓在三樓佛廳過一暝一日。警察來問，我只好出去擋，局長我學生，問題搓一搓就過了。」花甲對嬸婆心生敬畏，怒道：「那男人也不想想是誰的厝。」嬸婆都提醒花甲：「了解伊是啥米款人，是你做人後生的責任。你，要不要跟他說說話？」嬸婆變換聲道；「你要試著了解他，像我一樣，給他自由。」花甲父子相剋，打花甲進小學後就無時無刻不咒他，他們十多年來幾乎不說話，溝通，對花甲父子而言簡直是特技表演，花甲且正色道：「反正我有嬸婆就好。」花甲一二年級的導師是嬸婆，嬸婆喬了園丁工作給老父，三人小家庭，日日在校過家常生活，但花甲不知老父為何不喜穿衣，頂著大太陽裸身在校內修榕，修完榕就去養荷澆花餵孔雀，然後席地睡在遊樂器材地球儀邊，要不九點多就窩在蔣公遺像前獨自喝開，也沒想嬸婆就在此工作，人家背後怎麼說。花甲替老父羞恥至極，最怕上課時間看見老父走廊扛把梯子不知要打哪去修電燈裝電扇，花甲沒有下課時間，趴在桌子上裝睡，睡時他心想：「你死掉那天，我要當著眾人的面，在你的遺照上大便。」花甲卻不知道他每每上司令臺領獎，老父都放下手邊花花草草來探探，畢業典禮時，他縣長獎胸花是父親特地挑來親自編的。花甲畢業那年孀婆也退休，十八趴，孀婆就順道領著老父退出校園，在新化左鎮交接處種芒果，日本人最愛進口，孀婆走老運，狠狠撈了一筆日本財。八〇後的花甲說：「我從沒過過苦生活。」

從沒開口要過媽，花甲小小年紀發願要照顧孀婆，早就把她當阿嬤，連老父那份雙倍孝順回來，為此要蓋屋給孀婆住，清幽清幽：「這樣就沒人跟我們搶客廳用了！」老父隻身多年，也沒見過哪個女人來過，花甲中學生時代都說：「他小尾流氓，還是社會邊緣人，誰要。」孀婆為此要花甲跪佛堂，然後不知第幾次給老父七百萬拚看看。花甲老父，老黑狗，開臺競選用吉普車浪跡天涯，皮衣墨鏡的如伍佰齊秦，打天下，最後說，想在離家才十來分鐘車程的善化陸橋下賣高山茶，天涯，店面擺幾罐鐵觀音凍頂烏龍茶意思一下，樓上隔間開賭局，和老兄弟們東南西北風，真的是老兄弟了，從前都帶回家住過，看見嬸婆也會跟著喊聲嬸仔姨仔。「胡了！」老父推牌，「碰！」小鎮傳槍響，蒙面人來搶，老父被架著要開保險箱，這才發現兄弟盤算他七百萬良久，全世界只有他不知道，他早和人家不同國，縱使蒙面人離去時還記得喊他大哥。嬸婆連夜叫車去保人回來，嚇得玉觀音掌心差點給捏碎，那年花甲十六歲，窩棉被顫抖整夜不敢睡，及老父進門，花甲衝下樓好想好想用力往他一推。真的，很多年過了，花甲仍然無法釋然怎麼老父要如此滋事，鬧得一家折騰，痛苦。但嬸婆還是說：「他愛熱鬧，足稀微，花甲，你還是不懂你老父是啥款的人。你，應該要跟他多說說話。」花甲卻說：「嬸婆你好倒楣，沒事撿他回來養。他怎不改名叫花光光。」

二〇一〇，大年夜，越來越冷了。嬸婆掏出暗袋裡的香火，攤圓桌，和年菜構成一幅圖，可取暖，看上去也挺吉祥。嬸婆告訴老父說：「這孩子自我破病半年來，逢廟就會替我拿香火，很像很怕我會死掉。」嬸婆說：「雖然我記憶卡歹，但是這些廟，你看看，都是你以前常常混的，他攏知影。」老父轉盯仔腳抽菸：「他攏笑我是廟口子，是流氓，嫌我的朋友髒，無路用，罕自跟他說話，不知道從哪裡問起。攏二十二歲了。」嬸婆望門外：「他二十二歲想的事情，是你五十二歲也沒想過的，伊是什麼款囝仔？你甘災？我感覺天氣快要變了。地震、落雪、烏暗寒，攏袂來了……」捻熄菸，老父走進下著濛濛雨的小路，窩著身子禦寒，路燈下，老父老花視力捺下數字鍵，打給花甲。

●

飛碟外有雨，花甲坐在黃色飛碟內，在臺北通衢公轉自轉兼看雨，還聽飛碟聯播網，窗外都是人，花甲瞧了瞧：托鉢和尚和夜店妹小跑步過斑馬線，那比丘掀起僧衣時宛如撩裙，夜店妹跳上一臺老檔車和偽搖滾男不遵守交通規則竟騎上高架橋，和尚踉蹌掉進捷運站，花甲忽然就懂了人鬼殊途。他興奮指著要司機視線跟著看，「你看看！你看看！」整個噴水池、百貨門口、偽嘻哈潮男潮女大杯連鎖店飲料，喜歡邊走邊大聲喊叫，奇怪不是大年夜，難道有人團圓就是出來逛街？花甲想著：「他們都不回家嗎？都七點了耶？」黃色飛碟過一〇一，善男信女在淋雨（天降甘霖？），他們都在瞻仰城市陽具如何頂進天聽，花甲等紅燈時也跟著頂一眼，不小心噎到口水，你看看，穿著神袍的老人打把傘，牽著吉娃娃在散步；肢障愛心捐款在跳機械舞；騎著捷安特公路車款的女子竟然車尾拖了三箱資源回收，不是該回家了嗎？大年夜耶。花甲 **murmur**：「怎麼臺北瘋子這呢多？」花甲看看自己也差不多，遂閉目養神，在車內假寐，他必須開始想像這裡已經不是臺北、不是臺北了……是時飛碟電臺在播，蔡藍欽，「在這個世界／有一點希望／有一點失望／我時常這麼想。」花甲嘴角漾起好複雜的笑。

乘著飛碟花甲進入臺北盆緣，走進無人管理舊公寓，頂樓，老地方了。他先將自己裝進電梯，電梯只停奇數樓，花甲連按了十五十七和十九。十三竟先停，電梯門開見是百來雙鞋，團圓飯，家的形狀，花甲心想這才是。十五門開，花甲看見春聯鞭炮披披掛掛，更有家的感覺了，他還隱約聽見蔡藍欽：「在這個世界／有一點快樂／有一點悲傷／誰也無法逃開。」十七門開時花甲正巧碰見祖孫要下樓，花甲以手示意電梯往上，並向祖孫檔笑笑。他想起從前婿婆都這樣帶他去臺南市走走；十九樓門開時花甲大步跨出去，轉手扶梯到二十樓，脫掉羽絨衣頻打哆嗦，雨勢沒有更大地讓花甲想淋淋看什麼是臺北凍雨，想著，臺南哪有這麼冷，臺南現在冷嗎，恰見頂樓有人正避雨收拾烤肉，花甲且管人在看，在滿是抽水馬達抽風機曬衣欄杆終年積水不退小窪處穿梭，開始念念唱唱，陌生城市最頂端，花甲這兩年都習慣在這裡想像臺南，想像蓋屋，想像跟臺北都無關、都無關。七星陣，花甲踩著看 YouTube 學來的七星陣，神的步數，先踏出臺灣經緯位置，他說：「這我老父會跳，所以我也會。」他轉身點踏一窪處，濺起水花，對天畫符，急急如律令，像可以幫臺灣點穴，望向景美溪方向，清清喉嚨，少年老痰：「那是曾文溪，七股出海口，我祖父母的遺體便是在七股找到的。」花甲繼續漫舞，在雨中，沿著頂樓矮牆兜圈亂步，攤開雙手，頂樓風，萬家燈火，飄來沙茶醬火鍋味，花甲有股想哭的衝動。他聽見撤退烤肉家族隱約有話說：「這人又來了，瘋子，怎麼這樣一個年輕人？」怎樣的人，花甲忽而想起婿婆提醒他的，好好認識父親是個什麼款的人。去年嬸婆送進成大醫院，急性腎衰竭，差點掛，老父急著去提錢，花甲跟後頭，看見提款機前十來人，老父走向提款少女幾乎跪求，提款少女不為難，讓老父順利提出三萬六，花甲那時站遠看，看見老父往人龍一一致謝，最後竟轉身對著女工聲音ATM，深深深深一鞠躬。那瞬間，花甲忽然略懂了老父是個什麼款人。花甲在二十樓頂淋雨，不怕感冒，臺北盆緣已起霧，全身濕透，花甲決心和雨勢僵持不下，花甲感覺冷了，對著臺北夜空放煙火，每一發都是憤怒與寂寞。電話響，花甲讀了顯示來電，是「他」，霎又想起嬸婆總是那句：「你要不要跟他說說話。」補一句：「天氣差不多要變了，要快。」「你好我花甲。」花甲趕緊掏出手機，接著坐在頂樓牆緣，兩條腿凌空晃啊晃，攪拌大臺北空氣流，講電話。花甲深呼吸：「我聞到芒果味道，我想起了從前一起幫芒果穿衣裝箱的日子。」花甲只聽見電話那頭說：「花甲。」花甲遂起身乾脆爬上矮牆走臺步，不怕失足墜樓，望望馬路，路上紅線停滿小客車，垂直目光，花甲還想著不小心掉下去可別壓到太昂貴的車，免得嬸婆還得花一筆。花甲揮舞雙手撥雨，平衡感十足，說：「我讀國小時候，你在學校工作，為什麼都不穿衣服呢。」花甲於是乾脆脫掉身上白襯衫，想像自己也沒有穿衣服，這樣更像在臺南了，更像在家。基地臺天線雷達的臺北頂樓風景，雜訊，不干擾花甲自顧自地說著：「我很小的時候就可以獨當一面，你不會不知道。不需要你的。」雨勢忽然轉大，花甲更入戲，吻雨：「我從不羨慕有媽媽的家，因為我知道我有你。但我總會想起家中無時無刻住滿你那狐群狗黨的兄弟，你們喝醉了就睡，醒了繼續喝，你們的哭泣聲吵得我無法入睡，我無處可去，和嬸婆窩在三樓神明廳。很小的時候，我就想蓋房子，當時沒有留房間要給你。」說這話時他覺得嘉南平原在他眼前了，全身像浸泡在曾文溪水，腳底板有灼熱感受，像赤足跑過滿山坪的芒果叢林的午後。

花甲心想可以了，準備好了，花甲已經練習兩年了，今天狀況最好，然後花甲連打三個噴嚏。事實上他每次登樓遠眺前，偶爾會先去逛愛買家樂福，或南門市場，逛完大包小包好麻煩地拎上頂樓，花甲說這叫暖身操，對於蓋屋，他何其慎重。又比方光華商場行，暖身，晃了兩樓就缺氧，卻見無數名男子胸前黑主機地逢店就說要灌、要組，鸚鵡。花甲被那專注的眼神所引，說雙手環抱主機緊緊不放那樣子，挺像擁抱著骨灰罈金斗甕的，花甲頻打冷顫，一時心碎斃了，算算也是家的感覺；花甲有時還用一個星期旅遊，順太平洋海岸線去花蓮連住三晚，女屋主真真親如家人，備妥三餐還添加棉襖，臨行前給花甲一本靜思小語，要他放下；夏天熱鬧恆春半島，花甲這兩年一路從車城南灣住到墾丁大街，船帆石鵝鑾鼻燈塔，說要希臘就有希臘，說要峇里島窗口即有椰林沙灘小螃蟹，好家常，花甲住出心得來，說海景 view 是一定要，為此就算醒在異國，也能聽到臺灣海峽海湧聲。花甲當然也離島，課太少，花甲都在想：「家到底是什麼感覺呢？」於是就去吉貝島釣小卷，花甲在離島時感覺特強，處處都曾讓他閃過定居下來的念頭，他慣性寄了張綠島蘭嶼也賣的臺灣造景明信片，上書「臺灣有你真好」，當下竟失去家的感覺。

真的可以了，花甲，二十二歲，是可以承擔一些事，安定下來了。

今生今世，花甲冷冷越過眼前以為他要跳樓自殺的分局員警，穿好奠黑羽絨衣，郵差包，他又murmur：「但現在，我好想留個房間給你，你適合住樓下，爬樓梯，太為難你的身體了。」掉頭不忘對著警察說：「先走囉！回家去。」回家去，把臺北海拋。老父手握電話，蹲坐家門外淋同場雨，泣不成聲，一輛引擎運轉聲極佳的野狼125駛過，老父見車上祖孫檔三貼除夕夜出來淋雨這鏡頭挺悸動，老父笑了。孤兒老父，轉身入屋告訴嬸婆：「我足歡喜。甲伊說到話了，你有歡喜沒？」

●

花甲年初一抵家門，開春就說我要蓋棟房子給你們住，好大的口氣，然後咳了幾聲，走向客廳給嬸婆紅包，轉身也給老父說：「我買了很多衣服要給你們，過幾天寄來，怎麼臺南也這麼冷。」嬸婆急著問花甲：「什麼時候回臺北？鬍子怎麼留成這個樣？」花甲說：「不回去了，留下來。」隨後兜上樓，將所有房間的日光燈全打亮，花甲覺得終於可以好好看清楚，便旋至三樓神明廳，不燃香，只是看看地便離開，立即邀請老父一起去看地，不能等，花甲似乎也感覺到氣候改變了，心裡不停發寒，冷底子。產業道路上木棉花樹早開，且開得極好，酷似廟會用涼傘，花甲看見山坡禿了個頭略顯老相，心想從前這山可不是長這樣。他將車窗搖下，並示意老父繫上安全帶，風吹的車內福祿壽掛飾、葫蘆鈴鐺鈴鈴作響，有譜，花甲笑了一下。父子上路，花甲憶起也是小學年代，安親班下課，同樣這臺發財車來接他，老父全身穿著像廟公，副駕駛座還有個滿嘴檳榔渣的混混。花甲上車坐在混混的大腿上，沒得選，書包抱胸前，密閉前座讓花甲想逃，酒臭和鹹酥雞的味道；踏板溝槽全是泥土漬，話題繞著王爺媽祖玄天上帝跑，還有女人，那混混約是說了他當年也是玩遍南部七縣市，永康鹽行那一帶吃得最開，花甲記得那混混說下床時大腿內側都抽筋了，爽麻，然後他感覺到混混褲襠鼓起，花甲那天穿運動服，想往左邊移動，混混又把他移了回來，來了又去，去了又來，那混混嚼著檳榔邊向老父說墓碑浮出阿拉伯數字大家樂的事，花甲看了看老父，又跟著來了又去，去了又來，混混表情好像很舒服。當天晚上，花甲第一次夢遺。

花甲想起了這件事：「好像有點冷齁，車窗搖上來好了。」

花甲開車經過玉井，東西向快速道路旁羊蹄甲也開了花，開春得祭神，花甲怎麼會不懂，遂將車停在玉井的興南客運總站，和老父走段路。花甲曾跟隨老父遶境隊伍來過北極殿參拜，那是花甲更小的時候了，花甲記得嬸婆那天是帶著小學生去畢業旅行。童年花甲走進還不是今日面貌的北極殿，在鞭炮聲中不知該藏身何處，身影幢幢，花甲在廟地不大的屋身內捉迷藏，他看見男人列隊接力棒似的將神偶從廟門傳到廟後，然後咆哮著「進去喔進去喔」。花甲看見他們的喉結都像酒後發紅，那聲音共振振動著花甲的世界。花甲好想知道為什麼要喊進去喔進去喔，是要進去哪裡呢？長大後花甲避廟而走，那聲音沒再出現過。童年花甲呼吸著檀香，跑在滿是鑼鼓聲的玄天廟內，他也看見約是有點累了的老人，男人，置身廟邊不停喝杯水隨意丟棄，接著去找廁所，找不到乾脆盆栽就給尿了起來，花甲記得那排約好一起尿尿的老人，早先還在替神偶打理門面，叩了好幾下頭，花甲看見他們的小雞雞都是黑的，為此花甲好奇地跟著拉下褲子，一起跟著尿下去。尿完花甲找不到老父哇哇大哭，跑到一群歇息的八家將邊繼續哭，花甲被年輕八家將抱起，架在肩上讓他找老父，花甲在炮煙裊裊廟筵下，撥霧吶喊，終於看見老父就站在金爐旁，不停向身邊臉譜各異的另一團八家將說話，花甲跑向前去，聽老父說玄天上帝就是腳踏蛇與龜，還望天拿捏玄武七星宿的位置，掐指，花甲想起父親說北極星永遠在那裡，順口講了段嘉義雲林哪裡也有帝爺公顯靈的事蹟，那時花甲覺得老父懂好多，花甲來到老父身邊扯扯他衣角，想起剛剛的八家將，回頭卻已分不清是哪一位了。後來花甲慣性抬頭看天，是啊，花甲難免心想，這麼多年來，北極星真的都在那裡。

花甲心情業已平靜，除了終於離開臺北，他也漸漸發現全然不同的臺南，新的，縱使天氣已不復往常，但花甲感覺是溫暖的。

花甲繼續往前行，越往山區氣溫越低，天空陰陰的，開車時偶爾花甲會想，臺北七年，他到底是哪裡都去過，卻也哪裡都深感落寞地常常像是離地三尺的鬼，定不下來，總是穿太少，卻又不時喊冷，花甲每每看見自捷運站地底湧出的人潮便立即生起寒意，疙瘩，又或坐上想到才按鈴下車的市運公車，花甲常常方向感全失的睡醒就已離了臺北城，為此花甲認定，是該想想安定下來的事了。此刻，身旁老父呼呼大睡的樣子讓他感覺安心，心頭念了遍祈福咒，花甲想這感覺一定是假的，這樣的幸福畫面是會教老天忌妒的。花甲循山路切過楠西鄉，來到左鎮新化之交，在臺北不開車的他，開車技術全廢，但一回南部山區，卻又活靈活現地手感全也跟回來了，花甲最後駛過矮低荔枝林抵達祕密基地。他才發現六十坪廢田已經整修過，怪手和山貓就睡在墳園入口處，草原灑水，虹橋，像迪士尼卡通城堡。老父霎時走到花甲身後，略點靦腆的說：「我有聽你嬸婆說，想在這邊蓋房子，想袂問你，你，想要一個什麼款的家。」花甲淚水盛著，說：「不用大，住得下我們三個人就好。」花甲還說：「住這裡不用等清明節也能去掃墓，都在這裡了。我們可以蓋個園子、亭子，最好下點雨，像今天這樣暗暗的天氣，從前我在三層樓仔跟著嬸婆寫作業時，都是這種天氣。」然後花甲形容著，我們全家可以以歌對雨，以鐵觀音凍頂烏龍茶對雨，吃芒果大餐。花甲以手畫大弧，告訴老父家的藍圖，屋蓋三樓即可，和現在住的同款。老父和嬸婆就住一樓，沒有油煙味，不設廚房。二樓大客廳，讓遠來親朋都能說坐就坐，要酒有酒，要卡拉OK也不會吵到人。花甲邊說邊在空地漫步，踩踏梁柱的位置，像起乩，但花甲其實很清醒，想起無障礙空間是一定要。然後花甲還說可以擺個神位：「看你想請尊什麼神。」老父搖頭，蹲在草皮上彷彿需要酒，山氣冰涼，開始落雨，花甲盤坐老父面前像仙童，問說：「你覺得這樣好嗎？」

花甲和老父都不知道這樣好不好，但也這樣迷迷糊糊的走下去了。後來父子常常來這裡描摹新家，但大多時候他們兀自沉默，各忙各的，花甲忙著畫圖翻書不跟人討論，老父則鋤著草草木木，翻鬆每片土，蒔花蒔果，從日出到日落。天氣好時，嬸婆也坐著輪椅來，每次來都沒有新進度，為此嬸婆說，不快點就要先幫我蓋墳墓了，三人聽了哈哈大笑，笑聲迴盪土石流紅色警戒區，家的圖像。三人新習慣，像當年在校園，為此花甲想到可以撿回早被移除的蔣公銅像來這裡擺放。二〇一〇的夏天到達時屋子進度還是零，來了幾個強烈颱風，全臺各地頻傳災情，花甲的工地只橫垮了幾株椰子大王，那個夏天極短，入夜常有狗在吹螺，七月底就入秋，各地重點廟宇宣布暫停鬼月普渡，嘉南平原出現了史上第一的三度低溫，養殖漁業紛紛破產，虱目魚翻肚順著潰堤的大水沿曾文溪出海漂向中國大陸，而嘉義布袋有對母子在冷冷雨中哭泣，有網友將這段影片po上網，引來各論壇數百頁的回應，花甲裹著大棉被在房間連署聲援。但更多時候高溫四十，花甲父子大太陽下打赤膊扛板模，兩個幾乎長得一模一樣，一樣的動作，花甲的腮幫子全是鬍，看上去還比老父老些些，孀婆常常笑著認錯了人。父子倆餓了坐墓拱吃小南便當，累時躺草原睡覺，花甲確定都變了，是家的感覺。那時，幾個月前買的材料已經開始腐鏽，屋子卻已在花甲心中蓋好一半了。秋天到時老父種的石榴開始結果，並開始替花甲要求一定要種的樣仔挖水路看品種，結果秋天只來兩個禮拜，屏東東港下三天大雪，好多人拿著數位相機捕捉港邊雪景，王爺廟前盡是雪水，成群孩子蹲廟前和流浪狗搶著舀水喝，屏東蓮霧農紛紛上街頭，說他們是三級公民也是首級災民。花甲第一次喊累，喝著薑湯不停說冷，體溫和窗外氣溫同時急速下降，嬸婆老父都想大概是去寒到生病了。全無動靜的屋址又長了人般高的草，由於雨水豐沛，草終於長過了花甲的身高，花甲病癒隨即穿上塑膠衣，不能等，在草叢中架起除草機，將草理三分頭，刀片削到他的腳，流了一點點的血，花甲沒有感覺到痛。花甲不說話很久了，總是埋頭自個兒做事，好不容易立起四根鋼筋梁柱，卻不見花甲有喜色，老父終於緩步向他走來：「你有需要我鬥相工的所在沒？」花甲對老父揚起大男孩般地笑，嬰兒。嬸婆有點憂心對老父說：「咱們花甲好像生病了。是不是上次被天氣寒到沒有好？」

終於花甲畢業，徹頭徹尾離了住了七八年的臺北，入睡夢話般告訴嬸婆：「去當兵，退伍找個有穩定收入的工作，想定下來了。還要蓋房子呢。妳覺得這樣好嗎？」嬸婆心頭一沉，幫花甲墊了高枕頭，還搓揉了肩胛骨，碎碎念說：「這孩子怎麼緊張成這個樣子。」老父推著嬸婆來懇親，本來體態消瘦的花甲有變壯，嬸婆知會他：「一年很快，嬸婆日本的朋友說，要你過去那裡看看。我不會讓你失業的。」老父羞澀地從口袋掏出新求來的香火，幫花甲掛上，花甲則將香火反掛老父少年時代被蜂炮炸傷的頸項，說：「房子如果蓋不好的話，可不可以委屈你們先住在老家幾年。」老父委實不解花甲心緒，花甲卻已經想得太遠太遠了。

花甲太年輕，肩膀總是縮得緊緊的。

●

退伍，花甲進家門，還不及天亮去廢田工地，說了聲：「冷」。忽然就這樣空了下去。

花甲就這樣空了下去。

入院時醫生說大好大壞，檢查半個月查不出什麼病，但可以確定是「寒到」。中醫則說花甲體內冰氣太重很多年了，可能個性也很硬冷。老父本要駁斤，卻只低聲說了：「我兒子滿溫柔的。」老父用盡他民俗人脈來為花甲收驚補運觀落陰，還抱來電暖爐，花甲頻哆嗦，老父只得不停拭汗將室溫往上升，人間煉獄，花甲有時抖到哭出來，微弱地喊：「爸爸。」老父就將他緊緊抱住。老父修佛的朋友來，說佛祖難解；保生大帝降駕指示與花家緣已盡，保生大帝還說，花甲那孩子正奔跑在落雨的草原上，回頭不知對誰揮手微笑。老父聆聽至此只是鑽了鑽太陽穴便步出廟宇。老父幾個扛神轎的朋友則抱了臺電腦，說是去臺北進香順道組的，抱來病房要給花甲寫作，花甲裹著大棉被伸出白皙的手，對著轎班子弟笑了笑，摸摸鍵盤後全身便開始起疹子，送加護病房住了好些天。後來花甲有次面無表情對老父說：「我覺得我的內臟也是冰的。冷冰冰的，爸爸，我是一個無情的孩子。」老父只好摩擦雙手生熱，趁熱度鑽進花甲的衣內，貼緊花甲的皮膚。花甲說：「內臟好冷。」老父頭一次流淚，說：「你怎麼會是無情的孩子。」花甲從小就認識的叔來病房起乩，不到三分鐘就退駕躺臥在地，當天花甲開始便醒了又睡、睡了又醒。嬸婆不能接受怎麼一個孫子就這樣空了，真的是空了，吃什麼吐什麼，但也不見他瘦，就是逢人看花甲都可以感覺到：「花甲已經不在那裡了！」嬸婆找來她念醫科的學生跨院會診，自己划著輪子在院間走道跑來跑去，哭喊著：「是被什麼寒到啦，臺灣哪會變甲這呢寒……」嬸婆的呼喊聲迴盪在院間內，院外則飄著細細的臺南雪。

驚蟄，花甲在二〇一一年的春雷響後，多重器官衰竭，在睡夢中走人，得年二十三，那晚老父趴花甲床沿，怕兒子冷，房內溫度拉到三十七八度，老父熱得打赤膊睡覺，也冒汗，老父先是聽見雨聲，後感覺床軟綿綿了，像有人走了。

對花甲而言，人間二十初頭年，實在太早了。

老父的換帖說要黏間靈厝燒給花甲。為此老父想設計成花甲夢想中的房屋，卻怎麼說怎麼空洞，心糾結了好幾天，最後老父決定：「乾脆糊跟我現在住的一模一樣好了。幹。」瞬時心中竟盪起了漣漪，暖流。老父當下續說：「再糊一個我。」花甲火化後入土家族墓園，老地方了，移靈隊伍同樣繞山路來到廢田，沒人跟丟像是在地人，大夥都把車子停在花甲本要蓋房屋而預留的停車場前，老父激動得頻向他的兄弟們點頭致謝，說有熱鬧有熱鬧。花甲從前想像的親朋好友也都來了，叔公伯公堂哥表哥阿姊阿妹大排行，大中午的就在山林間給喝開，極溫暖，家族成員繞工地圈大弧（依花甲當年描摹的弧度），老父將花甲從小獎狀畢業證書照片戲劇書裝潢書日記書滑板鞋限量襯衫電子配備，全給放進這靈厝，大把火給它燒掉了。而火勢實在大，葬儀社的人都說沒看過這麼旺盛的火，可以乘機取暖，究竟花甲是得了沒有醫學根據的寒病走人的，老父蹲坐地上，看火，嬸婆被親戚給攙扶著。雨其實已經下很久了，但都沒人想躲，人們對於氣候的轉變已經開始有了新的體會，有雨可淋顯然是上天的恩賜，至少不再缺水，淋雨在臺灣人民心中提升至宗教的層次。老父仰見焚燒而起的黑煙，如雲層團團而起飄在山區，然後飄向大臺南，飄向臺灣海峽，老父猜想，如果花甲在天上看著，一定會說：「臺灣親像被炸彈轟炸過。」火熄之前離開，眾親朋轉頭旋向嬸婆鞠躬，到底嬸婆也不管禁忌來了，嬸婆在嗩吶聲搖鈴聲中暈了過去，儀隊奏著幸福曲目，在山谷間迴盪著。花甲真真走人了。

更多年以後，那時天氣已無四季之分，觀看氣象播報是落伍的事，人們自己製造四季，嘉南平原九月就是一片雪景，低窪地區居民已經移往內陸山區。老父依然會開車載嬸婆去醫院復健，嬸婆似乎不再老了，就停在花甲二十二歲那年，只是嬸婆常對著路人喊道：「要地震了、要落雪了、要風颱了。快走喔快走喔！」老父只好趕緊將嬸婆的嘴巴摀住，因為那時氣候變遷已經造成世界上百萬人流離失所，任意預言氣候之事是被禁止的。老父總喜歡來這山中無氣候、無歲月之廢田，不停鋤草翻土與澆花。當年花甲倉促立起的梁柱和老父植的檨仔樹平行，有天勢必會把鋼筋給掩蔽，讓人得以藏身其中，不見天日，老父難免想像花甲如果可以夠小，夠童真，也會在裡頭奔跑，老父甚至想過要是真有屋成那天，將會是怎樣的生活，他猜想花甲會說：「家常生活就好啦。」這想像讓老父感到滿意，彷彿更了解兒子了。老父和嬸婆晚年從不換季，他們將會越來越頻繁地來到這廢田，和家族亡靈越靠越近，直到自己也躺了下去。是一次老父帶著嬸婆來到花甲長眠之地，嬸婆錄音帶播送著：「我們花甲什麼時候臺北回來？」老父前去草原遠眺曾文溪。嬸婆又說：「花甲什麼時候臺北回來？臺北會火山爆發，快轉來南部躲一躲。」老父走近嬸婆，推輪椅步行入家族墓園。嬸婆又說：「花甲是什麼時候從臺北回來啦，都不應我一下。」老父咳了一聲，鬆口：「明天啦，明天就回來了啦……」

是時天空好大一片烏雲飄過，世界忽然全暗了下來，嬸婆說：「天黑才要回來喔。他還再去臺北嗎？厝什麼時袸會蓋好？」老父推著嬸婆走進家族墓園，穿越花家列祖列宗，開基兩三百年，好熟悉的一條路啊，老父說：「快了，擱乎伊一點時間，一點點就好……」

本文發表於《自由時報・副刊》二〇一〇年四月二十五至二十七日

〔後記〕

深刻的喜感

《花甲男孩》是我的第一本創作集，書中九篇小說，密集完成於大三大四的兩年時間，如今我已進入博士論文撰寫階段，前後約莫十年距離。

十年之間我的讀寫功課不曾息止，初衷同樣未加易改，對於文學的志趣、創作的情熱，絲毫沒有減退，卻多了一份篤定。選擇文字藝術當成終生志業，真正是我的福氣，也就特別期待這份心意能夠遞傳下去。這是我的使命。

今年因著電視劇的原著改編，書中故事即將化做影音，《花甲男孩》遂重新修訂問世。雪夜翻讀舊稿，本是小說敘事，卻多了紀誌意義，心神經常飄回當年鍵落的大肚山，也就尤其感念負笈東海中文、周芬伶老師的文學課、以及住在東海別墅的滴滴點點。

記得當時擁有一臺紅色歐兜麥，白天獨自騎著四處風騷，其實速度只有四十，龍井、沙鹿、清水、烏日……不知為何緩慢行進之間，我的思緒總是特別活快。我像是騎進了自己尚未成篇的小說情節，當時料想不到的是，我也騎進了未來電視劇的拍攝場景。

特別感謝王小棣老師率領的「植劇場」團隊，瞿友寧導演、李青蓉導演，編劇璧瑩姊、阿卡與小傑。將近一年，跨域對話讓我學習特別的多。會議桌前，打開電腦，聽著各種精采意見的交流碰撞，給了原本以文字思考的自己，更多鮮少觸探的思辨路徑。這些筆記如今讀來也像日記，記錄與大家相處的分分秒秒，讓人格外喜歡。而我也像是來修課的學生，明白了得要更加努力才行。

謝謝白先勇老師替《花甲男孩》撰寫寶貴的書序。再次感謝九歌出版社陳素芳總編輯始終給予的鼓勵。感激不管緣於小說或者電視正在閱聽的每個人。

一直喜歡深刻二字，它像是時間詞，也像是空間詞；也喜歡喜感二字，似乎喜感二字排在一起，看著就會讓人心生愉悅。這篇後記就以深刻的喜感當作題目，實則亦是這些年來我對文學、自我、世界的新的認識。

嘿！花甲男孩。我們還要繼續寫下去！我們保持聯絡！

楊富閔二〇一七年四月於波士頓

楊富閔作品集 01

花甲男孩（增訂新版）

作者　楊富閔
責任編輯　蔡佩錦
創辦人　蔡文甫
發行人　蔡澤玉
出版發行　九歌出版社有限公司
臺北市105八德路3段12巷57弄40號
電話／02-25776564・傳真／02-25789205
郵政劃撥／0112295-1
九歌文學網　www.chiuko.com.tw
印刷　晨捷印製股份有限公司
法律顧問　龍躍天律師・蕭雄淋律師・董安丹律師
初版　2010年5月
增訂新版　2017年5月
增訂新版13印　2021年8月
定價　**300元**

書號　0111601
ISBN　978-986-450-126-7
（缺頁、破損或裝訂錯誤，請寄回本公司更換）

國家圖書館出版品預行編目資料

花甲男孩/ 楊富閔著.
-- 增訂新版. -- 臺北市：九歌, 2017.05

256面 ；14.8×21公分. --（楊富閔作品集；01）

ISBN 978-986-450-126-7（平裝）

857.63 106005260